也許我們的靈魂中都有一團烈火，卻沒有一個人前來取暖。
路過的人遙遙望見的只是一縷灰煙，便只是冷漠地走過。
但若你耐心地等待，守護好心底的這團火，總有那麼一個人會走過來，看見這火。
而後挨近著坐下，停留在你的身邊。

《親愛的提奧：梵谷書信體自傳》

# 日記一

我從來沒想過要自殺。

看在別人眼裡可能挺矛盾的。仔細數數，手臂上的劃痕有十六七道，整整齊齊，新舊不一，但很奇怪，我的確從沒想過要自殺。

我並不想死，甚至不清楚自己為什麼非得這麼做，也沒辦法一一想起當時劃下那一刀的想法。我凝視著血珠湧出，又慢慢凝結，總是能獲得一種詭異的平靜，感覺心裡不再那麼空虛。

也許是疼痛出現又消退的過程讓我有一種奇怪的錯覺——一切正在好起來。

# 第一章

顧箏再次遇到夏時初，是在一場畫展上。

在美術館門口，兩人隔著幾步距離對上眼，俱是一愣，多麼神奇，不過兩年不見，彼此的打扮和氣質有了相反的變化。

曾經總是西裝革履的夏時初，這會兒卻穿著比較休閒的常服，他本就臉嫩，這下看著更顯年輕，像個大學生。西裝反倒是顧箏在穿，一副資本家模樣。

有那麼一剎那，顧箏望著那雙既熟悉又陌生的眼眸，恍惚間還覺得對方下一刻就會像以前那樣衝著他賤兮兮地笑，半調侃地拖著長音叫一聲「大兄弟」或者「高材生」，然後湊過來吃他一把豆腐——但是沒有。

這一陣對望中，夏時初先回過神來，露出了一抹十分客氣疏離的淺笑，語氣不冷淡也不熱絡，像個並不熟悉的舊友，「好久不見。」

顧箏唇角不自覺抿起，有些生硬地回應：「嗯……很久不見。」

「過得好嗎？」

「還好。」沉默兩秒，顧箏硬補一句：「你呢？」

「就那樣吧。」夏時初彎了彎嘴角，「陶家人也都還好？陶小妹呢？」

「挺好的，託你的福，她已經開朗很多，每天……都有乖乖寫日記。」

夏時初點點頭，「那就好。」

這一段乾巴巴的你問我答沒有持續太久，一旁的工作人員出聲叫住了顧箏：「先生，進場麻煩先量體溫。」

顧箏扭頭，讓對方使用額溫槍，又掃了條碼、噴了酒精，再轉回來時，夏時初已經走開了。

一瞬間，顧箏很想喊住他，卻又不曉得喊住以後要說些什麼。也或許他只是不甘心，不甘心再次相遇的時刻，對方依然是一副雲淡風輕的模樣。

「哎唷，先生你好，要進來看展覽的是吧？」近日因疫情影響，美術館生意冷清，館長見難得有人進門，立刻殷切地上前問候一番，而後親自領著人往內逛，嘴上還興致勃勃地聊：「你真年輕啊，不容易、不容易，現在年輕人對這些感興趣的不多了。你比較欣賞什麼流派？有沒有特別喜歡哪位畫家？對了，你看那邊……」

其實顧箏就是個理工直男腦，對這些根本一竅不通，讓他評論藝術品，絞盡腦汁也只能憋出一句「好看」，講不出其他所以然。他只不過是恰好出差，在這附近有場生意要洽談，早上簽約，晚上應酬，中間卡了一段尷尬時間，漫無目的地閒晃時，正好路過這間美術館。

一般來說，顧箏不是個會走進這種地方的人，但外面的宣傳橫幅上寫著——高瑋杉特展。

他對這名字有些眼熟，想了想，記起來了，以前夏時初曾說過，高瑋杉是他大學時期的油畫老師，是位頗有名氣與地位的藝術大家，人也挺不錯的，夏時初還滿喜歡他。

顧箏杵在外頭觀望一會兒，說不清是感慨或悵然，最後鬼使神差地買票進來了，打算隨便看看，消磨時間。

面對館長一副「你也是同道中人啊」的熱情模樣，顧箏有些招架不住。

館長沒發現顧箏的語塞，熱絡地介紹：「這段日子大家都不容易，多虧高老師資助這場展覽，才又挽回一點人潮。你也是慕名而來的吧？高老師的作品在最裡面，他有幾個學生很有才華，這次有幾幅不錯的畫作也一起展出來了……啊，高老師！」

兩人向前一望，一位約莫四十來歲的男子正好迎面走來，形貌舉止溫文儒雅，正是高瑋杉。

顧箏很確定自己不認識、也沒見過對方，但不知為何，照面的那一瞬，高瑋杉望見他的臉時，似乎微微愣了一愣。不過也只是稍縱即逝，短暫到他幾乎以為是錯覺。

下一秒，高瑋杉和和氣氣地笑著與他們打招呼：「你好，來看展覽的嗎？」

「那還用說嗎？大家都是衝著高老師來的吧！」顧箏還沒來得及說什麼，館長就樂呵呵地替他認了，又轉頭向顧箏介紹道：「這位就是高老師本人，抓緊機會啊，對作品有什麼好奇的都可以趁現在問……」

顧箏略感為難，對這些毫無概念的他，哪問得出什麼有深度的問題。而且，他本以爲藝術大家勢必會有點孤傲或者有點脾氣，然而高瑋杉卻沒有什麼架子，寒暄著互通姓名過後，還眞的要領顧箏一起看畫。

見有更專業的人帶著顧箏，館長沒再多湊熱鬧，回頭去忙了。

顧箏與高瑋杉二人肩並肩沿著展覽品慢慢逛，一路上伴隨著有些冷場的尬聊。

「這一區都是膠彩畫，早先也被稱爲東洋畫，是日治時期從日本傳過來的。你可以先觀察畫作的大致結構，像這一幅，用的是經典的三角構圖，會讓人感覺安定、沉穩，具有堅毅的力量感。」

「哦，原來如此……」

「再來看看畫作的色彩，色彩常被說是繪畫的語言，能傳達出畫作最主要的情感特徵。這位畫家我認識，他對於色彩一向掌握得非常精確，你可以從中看到豐沛的生命力。」

「嗯，是挺好看的……」聊沒幾句，顧箏把自己給尬笑了，主動坦白：「其實我對這些不是很懂，可能看不出什麼深奧的內涵。」

高瑋杉似乎並不意外他是個門外漢，不甚在意地笑笑，「也沒什麼懂不懂的，藝術品的存在意義就是讓人欣賞，你要是感覺好看，它就有價值了。」

高瑋杉這人，藝術地位高，卻又溫和體諒、不拘小節……顧箏有點明白夏時初爲什麼會喜歡這位老師了。

顧箏坦白過後，二人反而聊開了些，氣氛不再那麼生硬。此外，他逐漸發現高瑋杉也有些迷糊因子，講解到比較不熟的作品時，偶爾也會露出茫然的表情搔頭，「我忘了是什麼背景……不如我們看看牌子。」

於是顧箏放鬆了心態，一路走馬看花，直到路過某一幅油畫，他才忽然停下腳步——那是一幅12F尺寸的橫幅畫作。

畫布上面的是海景，非常寫實，整個作品呈現濃烈的暖色調。畫中央有一幢木造矮房，老舊的木牌上隱約寫著一個「陶」字，灰色的牆面斑駁落漆，透露出陳年歲月的溫度，遠景還有兩棵棕梠樹，中間用童軍繩綁了一個簡陋的吊床。

對顧箏來說，這個場景太熟悉了，視線往下一看，果然說明牌上寫著創作者——夏時初。作品名稱看起來卻與海並不相關，這幅畫被命名為「桃花源」。

高瑋杉跟著停了下來，看看那畫，又看看顧箏，盡責地介紹：「時初是我一個很有天分的學生。他下筆細膩，用色大膽，最擅長的是風景與人物。」

顧箏有些愣神，半晌才問：「他現在……又回去畫畫了嗎？」

「差不多一年多前回來找我的。」高瑋杉笑了笑，「其實他大學時期我就很看好他，想收他為徒，但那時他似乎不打算走藝術這條路……還好，最後還是沒有埋沒他的才華。」

怪不得夏時初會出現在這裡，顧箏還以為他也是來看展，殊不知他是主辦方的人。

高瑋杉觀察著顧箏的神色，試探著問：「顧先生認識我們時初嗎？」

顧箏沉默片刻，指了指畫，「兩年前，在這裡認識的。」

高瑋杉面露訝異與好奇，「這麼巧呀，是旅遊偶遇嗎？」

顧箏通常不太樂意回憶有關夏時初的事情。這兩年來，他彷彿憋著一股勁地往前衝，生活重心全都砸在了學業與事業上，每天忙得天昏地暗，讓自己沒空去想這個人。

然而高瑋杉的神情自然平和，他沒有被冒犯的感覺。

一些零星往事浮現腦海，顧箏忽然發現，自己似乎已經能以比較平靜的心情去面對這個話題，去想起夏時初這個人，而不帶著滿腔的怨懟與怒氣……然後他想起他們是怎麼認識的。

兩年前，在海島的一間酒吧，顧箏撞見了夏時初……出來約炮，約的還是4P。

媽的，想想還是好氣。

✦

兩年前，暑期的小琉球還充滿人潮，到處都是來玩水踏浪的旅客，盛夏陽光將沙灘曬得熱氣蒸騰，整座島嶼都籠罩在熱情奔放的氛圍之中。

「現在記者爲您播報的畫面是夏苑渡假酒店的開幕典禮。」

小島的某一角，五星級夏苑酒店的總統套房內，林柒和劉重光並肩坐在客廳沙發上，百無聊賴地看著電視，螢幕上正播報著本地新聞。

「値得注意的是，夏氏集團的太子夏時初，這次親自跨海出席開幕剪綵，由此可見夏氏集團此次對於離島分店的重視，或許將作爲以後繼續往海外發展的跳板……」

鏡頭一轉，切到了傳說中的「太子」受訪的畫面。只見螢幕上的青年高䠷俊秀，穿著剪裁合身的西裝，面上微笑客氣有禮，應答如流，一副翩翩君子、一表人才的模樣。

林柒扭頭看了看緊閉的臥室房門，又轉回來感慨道：「老劉你看，少爺其實還是滿可靠的吧，能出什麼亂子？許特助爲什麼讓我們看得這麼緊啊？」

年紀大一些的劉重光笑了一聲，「你剛來不久，所以有所不知，少爺可不是個安分的人。」

他們正是隨夏時初一起出差參與酒店開幕典禮的員工，林柒是助理，劉重光是司機。典禮已在上午順利結束，沒出什麼差錯，他們也該搭船回本島，去總公司交差。只不過夏時初表示有些累，反正沒急事，不如讓他睡個午覺，還指揮許特助去幫他買點心和土產，一伙人這才在酒店開了房間，小憩片刻。

作爲最高階的總統套房，海景自然是一等一的好，客廳旁的落地窗外就是私人沙灘，能直接走到海邊，屋裡隱約聽得見浪濤聲。

然而外頭豔陽高照，簡直熱到模糊，在辦公室待久了的兩位社畜，寧願留在高檔酒店裡吹冷氣，癱坐在沙發上動動嘴皮子。

「怎麼個不安分法？」林柒好奇地問。

「富二代嘛，哪有不亂的？」劉重光瞥了眼房門，壓低聲音道：「少爺從小就翹課、翹家，到現在變成翹班。還有夜生活，每天要不是泡夜店，要不就是和一些酒肉朋友開趴，玩得可開了！」

林柒聞言有些震驚，「看不出來啊，我還以爲少爺……是挺有氣質的一個人。」

他初來乍到，入職不到半年，年輕又老實，在公司大家都暱稱他小七，唯有夏時初畫風比較不一樣，見到他總是笑咪咪地喊他「七仔」或者「小林子」，每次他都被喊得一愣一愣的。

他對夏時初的初步印象，大致上是話不多、脾氣好，還喜歡隨口幫人取綽號，除此之外，沒什麼更深入的了解。

劉重光不以爲然地聳聳肩，「人前當然是人模人樣的囉。」

「夫人都不管的嗎？」

劉重光笑了笑，「夫人日理萬機，又怎麼會管這些瑣事？他們感情不親厚，幾個月都不見得會見上一面呢。」

「這樣啊……」

「吃驚吧？不只這樣，少爺有時會讓我接送，我看過的伴有男也有女，這些有錢人私生活精彩得很。夏老爺子前幾年不是去世嗎？大家都傳說是被少爺活活氣死的——」

「老劉。」一道低沉的嗓音帶著一絲警告意味打斷了劉重光的話。

兩人轉頭，就見一位青年正好從外頭推門而入，眉頭微蹙，冷峻的面上隱有不悅。

林柒和劉重光立刻識相地閉嘴了，站起來恭恭敬敬地打招呼：「許特助。」

許特助名爲許謹文，很年輕，不過三十來歲，但已在夏氏集團任職十年之久。他能力出色、做事一絲不苟，本是執行長特助，在公司的地位相當不一般，最近幾年才被調到太子夏時初的身邊來。

外頭實在太熱了，許謹文提著幾個塑膠袋走進來，襯衫背後已被汗水浸透，塑膠袋裡是熱騰騰、剛出爐的點心，有起士捲和黑糖包子等等，都是夏時初午睡前指定要吃的在地名店，也不曉得是不是存心想讓許謹文排隊排到中暑。

許謹文倒沒什麼怨言，將點心一一擺到桌上，一邊對劉重光淡淡道：「管好你的嘴，再讓我聽見一次，你就不用待了。」

許謹文在公司的話語權，可謂是一人之下、萬人之上，要開除一個司機不在話下。聞言，劉重光背後直冒冷汗，忙不迭連聲道歉。

許謹文沒再理他，「少爺還沒起床？」

林柒答道：「應該吧，一直沒有聽到動靜。」

許謹文看了看手錶，快三點了……不知想到什麼，忽然又問：「你確定他還在裡面？」

林柒被他說愣了，「不……不然呢？我們不是一直在這裡守著嗎？」

許謹文皺起眉頭，二話不說地撇下點心去敲門，站在後面的林柒不曉得他在擔心什麼，有些納悶地對劉重光低語：「至於這麼緊張嗎？行李什麼的都還在這裡呢……」

許謹文顯然沒那麼天真。門內遲遲沒有回應，他腦裡警鐘大響，直接拿鑰匙開了門——寬敞的臥房裡根本沒有半個人影，床上是空的，衛浴裡也沒人。

他心中咯噔一聲，在房內火速巡了一圈，什麼鬼影都沒找到，尚未想明白，忽然感覺背後似乎有點風，轉身一看，原來窗戶是敞開的，窗簾正隨著吹入的海風輕輕飄動。

他走到窗邊向外探頭——沙灘上有一串腳印，長長地延伸往遙遠的彼方去了。

三個守門人，都忘了房間裡有窗。

操！許謹文簡直氣到要心肌梗塞，他扭頭疾步走出房間，衝著客廳二人咬牙切齒：

「少爺翻窗跑了！」

✦

「……珊瑚可以分成軟體珊瑚跟硬骨珊瑚，像這個就是硬骨，叫作鹿角珊瑚，原本應該是粉橘色，只不過死掉以後顏色就變得比較白了。還有這一隻，我們叫作海兔……」海岸邊，顧箏領著一小群遊客，導覽著潮間帶生態，詳細介紹一陣子後，又說：「大家可以在附近稍微走走，看到什麼不認識的生物都可以問，小心別踩到海膽。」

遊客們慢慢散開了，其中卻有兩三名年輕女孩反倒靠了過來，笑嘻嘻地說：「教練、教練，我們有問題。」

顧箏一邊彎腰拾起礁石中的小垃圾，一邊道：「請說。」

「你今年幾歲呀？」

眞是風馬牛毫不相關，顧箏不禁失笑。

但這也已經是見怪不怪的事情，顧箏容貌英俊、身量高大，隨便往路邊一站就是個人形招牌，外加性格陽光健談，不論帶隊做什麼，都非常受到女遊客的歡迎。

顧箏也不大介意，笑了笑，「二十二。」

「哇，大學生嗎？」

「對啊，快畢業了。」

「你是趁暑假來打工換宿嗎？」

「算是吧。」顧箏解釋：「我和陶老闆一家很熟，一半打工，一半也算是來玩。」

「這樣啊。」女孩們裝模作樣點點頭，可能覺得鋪陳夠了，拋出主旨，「那你有女朋友嗎？」

顧箏沒有遲疑，「有。」

原本計畫交換聯繫方式，都被這個「有」字給堵回來了，女孩們倒也沒再強求什麼，只是面露遺憾，「啊……好吧。」

片刻後她們嘰嘰喳喳地走遠了，隱約還可以聽到「我就說嘛，長這樣的不可能沒有女朋友啦……」，讓顧箏有些不好意思，又有些好笑。

結束導覽後，顧箏領著遊客們回到店裡。

這間店正是陶家開的，店名「陶潛」，主要業務是自由潛水與水肺潛水，聘有多名潛水教練，除此之外也提供一些簡單的套裝行程，包括浮潛、夜遊、潮間帶導覽等等，樓上還有青年旅舍。規模不算龐大，但可謂是五臟俱全。

散了團，顧箏走進店裡，與迎面而來的好幾位教練與員工一一笑著互相打過招呼，而後來到了後方的休息區。

陶老闆正坐在櫃台旁整理一些登記資料，見他過來，熱情地喊：「小顧啊！回來了？」

顧箏笑著應了一聲。他出了一身汗，從冰箱拿出一罐運動飲料，猛灌了一口。

陶老闆看他牛飲，哈哈笑道：「辛苦啦！這陣子遊客多，會比較忙一點。」

「暑假嘛，很正常。」顧箏抹了把汗，不以爲意，「陶郁齊呢？」

「在後面曬衣服呢。」

陶郁齊是陶老闆的兒子，土生土長的小琉球人，到了高中才去本島念書，恰好結識顧箏。兩人一路同窗到大學，還當過幾年的宿舍室友，關係很鐵。

也是因爲這樣的緣故，外加陶家人本就熱情好客，好幾年下來，顧箏與陶家非常熟稔，就像一家人似的。

從窗戶往後院看去，果然見到陶郁齊正在屋外忙，且一旁還有個陌生青年在幫忙。

顧箏有些疑惑，「那是誰?新員工?」

「哦，對啊！」陶老闆跟著看過去，「他剛剛路過我們店，看到在徵打工換宿，就走進來應徵了。正好，我們最近缺人手嘛!來得可眞是時候。」

陶老闆一邊說，一邊推了張紙過來，是塡好的員工資料表。

顧箏低頭粗略一掃——夏時初，男性，二十六歲。

顧箏沒有細看，也沒什麼特別想法，只覺得這字跡十分乾淨工整，像是練過的字，與他們這些莽漢們可真不一樣。

「看起來是個挺乖的小伙子，你看，二話不說就上工了。」陶老闆樂呵呵地說：「不過他對這些雜務大概還不是很熟，你有空多照顧人家一下。」

顧箏爽快道：「行啊。」

後院裡，陶郁齊正在和夏時初科普一些日常知識。

「這是防寒衣，我們潛水時穿的，還有一些毛巾跟浴巾。」他站在堆成一大桶的衣物旁邊，拎起其中一件，披到了曬衣服的粗麻繩上，「這些都洗過了，沒什麼講究，直接掛到繩子上就好。」

「好的。」夏時初感到頗新奇，跟著從桶子拎起一件衣物。防寒衣本就厚重，且吸飽了水，比想像中還要沉一些，他將衣服往繩子上一披，沒披穩，眼看就要滑落下來。

一隻有力的手臂恰在此時從後方伸了過來，將衣服往上一提，穩穩地掛好了。

夏時初回頭一望，在八月盛夏的陽光裡，與顧箏四目相對。

看慣了被日光曬得黝黑的粗獷男人們，這會兒乍一見到夏時初，顧箏只覺這人真是白皙得過分，眉眼清秀斯文，戴著一副細框眼鏡，如陶老闆所說，看起來挺乖。

陽光下，夏時初對他微微點頭，「謝謝。」

「不客氣。」顧箏爽朗一笑，「這位哥哥，你不熱啊？」

他們其他人都穿著統一的寶藍色短袖T恤，背後印著大大的「陶潛」二字，可謂是毫無美感，但至少輕薄涼爽、吸濕排汗。夏時初身上卻是正兒八經的素色長袖襯衫，風格有些格格不入，顧箏光是用看的就感覺快中暑。

「員工制服剛好沒他的尺寸了，新的還要幾天才能做好。」一旁的陶郁齊探頭過來解釋，又和夏時初說：「不好意思啊，再忍耐幾天吧。」

夏時初不以爲意地點點頭，「沒事。」

「你只帶襯衫來啊？看起來眞不像來玩的。」顧箏跟著幫忙晾起衣服，一邊提議：「要不然我先借你衣服穿啊。」

「不用了，謝謝。」夏時初客氣笑笑，「就當防曬吧，反正我比較耐熱。」

顧箏點點頭，只覺得這人比較靦腆講究，便沒再多說什麼，轉而與陶郁齊閒聊起來：「這幾天生意也太好了吧。」

「嗯，旺季都這樣。」

「小妹呢？她也放暑假了吧，怎麼都沒見她來幫忙？」

「她啊……」陶郁齊嘆了口氣，「我們也不知道她怎麼了，可能有什麼心事吧，成天悶在房間裡不出來。」

「哇，一陣子沒見，她也到了有心事的年紀了嗎？」顧箏有些驚奇，「要不我去找她聊聊？」

陶郁齊失笑道：「拉倒吧，你別和她打起來就不錯了。」

「啊？那都多久以前的事情了，我現在才不會跟她打……」

陶小妹指的是陶郁齊的妹妹，名叫陶郁安，與他們年差四歲，今年高二。與隨和好脾氣的陶郁齊不一樣，這妹子從小調皮外向，頗為剽悍，像隻野猴子似的。

顧箏頭幾次來陶家的時候，也只是個半大少年，沒多成熟，陶郁安又時常表現得很欠揍，兩人還眞的打起來過。

不過他們現在年紀都大了，自然不適合再動手動腳，最多偶爾打打嘴炮、互損幾句。當然，都是玩鬧性質居多，這麼多年下來，兩人早已熟悉，顧箏也幾乎把她當作半個妹妹了。

「再看看吧，誰知道呢，說不定過兩天就好了。」

「也是，青春期嘛……」

夏時初在一旁認認眞眞地曬著衣服，然而動作並不俐落，皺成一團的布料也不知道甩一甩，看上去就像個五指不沾陽春水、不大熟悉家務的小少爺。

顧箏和陶郁齊都發現了這一點，不過他們待人向來寬容，不太介意這些，反而有意幫忙，索性在閒聊之間順手幫著弄完了。

夏時初初來乍到，不需要接待客人或處理潛水事務，只被分到簡單的房務或雜事，工作並不繁重，可以說今天的主要業務就是曬這一批衣服，接下來便都是自由時間。

衣服曬完以後，陶郁齊先去店裡幫忙了，顧箏則領著夏時初認識一圈環境。

「前面那邊是店面，接待潛水的客人，後面這邊是生活區，有廚房和交誼廳，樓上是住宿的地方。」顧箏一邊說一邊比了幾個方向，「洗手間和澡堂是公用的，二樓走廊走到底，左手邊就是了，對面有一台飲水機……」

夏時初乖乖地點頭。

顧箏又好奇地問：「看你的模樣，應該已經出社會了吧？怎麼會有空來打工換宿，是換工作嗎？」

「啊……」夏時初慢吞吞地說：「倒也沒有，算是……自己給自己放個假吧。」

「哦，請假出來玩嗎？那也不錯。」

實際狀況當然不是請假這麼單純，但夏時初沒有多做解釋，只是笑笑回答：「是挺好的，可以轉換一下心情。」

顧箏覺得繼續問下去，就有些交淺言深了，便轉個話題，「你打算待多久呢？」

夏時初聳聳肩，「不好說，過一天算一天吧。」

他說得含糊，像是正處於人生的低潮時期，整個人氣質都有些喪喪的。

或許他是生活過得有些壓抑不順心，所以暫時溜出來轉換心情吧，顧箏猜想著，不由得就對他更友善了，又詳細地介紹了一些當地人文風情之後，哥倆好地環上對方的肩膀，拍了拍，「之後如果還有什麼不懂的都能問，在這裡可以放鬆一點，不用有壓力，之後有空帶你一起去體驗潛水。」

夏時初盯著顧箏看了一會兒，不知爲何，目光似有打量意味。

顧箏一瞬間彷彿在他眼中望見了某種捕獵訊號，被看得莫名有些不太自在。

半晌之後，夏時初只是微微一笑，「還不知道你怎麼稱呼？」

顧箏「哦」了一聲，自報名姓，又說：「直接叫名字就行。」

夏時初點點頭，輕聲重複了一次：「顧箏。」

他的唇型很好看，薄而立體，帶著海鷗一般的弧度，沒表情時也像有兩三分淺淡笑意。他語速慢慢的，咬字很清晰，恍若有一種格外認眞……到近似於說著情話的感覺，讓人聽著就不自覺耳朵一熱，然而當時的顧箏並沒有多想。

只見夏時初又笑了一下，態度乖巧，「嗯……你人眞好啊。」

# 第二章

晚上九點，送走最後一批夜潛的客人，顧箏終於能夠下班。

他在交誼廳張望了一下，沒看到熟人。陶郁齊還在帶領一團夜遊觀星團，尚未回來，而夏時初應該是曬完那批衣服以後就沒什麼事做，老早就已經跑得不見人影。

現在時間還不算太晚，顧箏決定去鄰近的酒吧坐坐，找人聊天放鬆一下。

「唷，這不是小顧嗎，放暑假啦？」一進店裡，吧檯後的老闆就認出了顧箏，一邊搖著雪克杯一邊熱情地與他打招呼，「來，坐這邊！要喝點什麼，長島冰茶？還是來個特調？」

顧箏坐到吧檯前面的高腳椅上，一邊擺擺手，「別別別，我喝果汁就好。」

老闆露出鄙視的眼神，哼笑一聲，「幾歲的人了還喝果汁啊？要果汁不會去超商買，來什麼酒吧？」話雖這樣說，仍轉身弄了杯西瓜汁給顧箏。

顧箏哈哈笑，「我這不是來找老闆你敘舊嘛。」

「好好好，敘敘敘。」老闆把西瓜汁推過來，「陶家那小子怎麼沒一起來？」

「哦，陶郁齊今天帶夜遊，還沒下班……」

這島不大，居民又熱情友善，住得久一些，左鄰右舍就能認識個七八成。這家酒吧離陶家的店不遠，顧箏和陶郁齊以前沒少來串門子過，與老闆相當熟稔。

老闆手邊繼續忙碌，做了些小菜給顧箏，嘴上則有一搭沒一搭地抬槓：「你這次待到什麼時候啊？」

「這次久一點，大概會待到暑假結束吧。」顧箏解釋：「開學以後可能會越來越忙，下次不確定什麼時候能再來了。」

「哦，你們念幾年級啦？」

「暑假過完就升大四了。」

「準備出社會了，時間過得眞快。」老闆感慨，「畢業後有什麼計畫嗎？」

「還沒決定好，有可能會考研究所，也有可能出來創業。」

老闆一直很佩服那些會讀書的人，聽什麼都覺得厲害，接連誇讚了好幾句，誇得顧箏都有點不好意思，趕忙轉移話題，「不過我每年來這裡感覺都不太一樣，又開了好多新店。」

「可不是嗎，很多本島來的精緻玩意兒，都快把我們老店給折騰倒了。」老闆半開著玩笑，又想起了什麼，「南海岸那邊還蓋了間五星級飯店呢，這幾天剛辦開幕典禮，不知道又要搶走多少民宿的生意……」

這家酒吧在這一帶規模算是數一數二大的，除了酒水吃食之外，也提供各種娛樂項目，例如桌遊、撞球、迷你高爾夫等等，最裡側還設有電子飛鏢機台，設施相當豐富。

因此店內總是生意興隆，充滿著歡聲笑語，很容易交朋友。

顧箏與老闆在吧檯瞎聊，時不時有不認識的旅人加入談天，來來去去的，氛圍熱鬧活躍、無拘無束。

吃吃喝喝一陣子後，有兩位年輕女孩走過來結帳，結完卻沒馬上離開，表情遲疑中帶著擔憂，欲言又止的樣子。

老闆察覺有異，「怎麼了嗎？」

「角落那桌有一群外國人，」女孩有些猶豫，一邊伸出食指小心翼翼地指了指，「一直圍著一個落單的年輕人勸酒，好像……還毛手毛腳。」

另一個女孩補充：「那人喝得很醉，不知道需不需要幫忙。」

聽起來就是有個爛醉的小姑娘快要被一群外國人撿屍了，老闆皺了皺眉，表示知道了，會過去了解一下。

告知完狀況後，兩個女孩便先走了，顧箏見老闆手邊也忙，索性起身，「我去看看吧。」

外國人面孔挺顯眼，往酒吧裡面走，拐過個轉角就看到了。

沙發座位區有三個白人正擠在一起，喧嘩嬉鬧、笑容曖昧，聽口音像是美國人，中間還簇擁著一名昏睡的青年……他定睛一看，青年不正是夏時初嗎？

顧箏愣了愣，細細一想，方才那兩個女孩的確沒說被騷擾的是男是女，是鋼鐵直男顧箏一時思想狹隘了。

就見夏時初的襯衫有些凌亂發皺，衣襬被微微揭起，一隻大手正從那兒伸進去衣下，不安分地遊走撫摸著。夏時初本人則毫無反應，大概真的醉到沒了意識。

顧箏皺起眉頭，側頭和鄰近座位的顧客問了下詳細狀況。

原來一開始夏時初是獨自飲酒，而後才被三個外國人搭訕，夏時初外語能力還行，幾個人便聊了起來，熟絡一些後他們就開始拉著人玩射飛鏢、搖骰子。

夏時初不知道是運氣太差還是真的太菜，玩什麼輸什麼，連輸好幾把，被起鬨著連罰好幾杯，最終就變成現在的局面了。

對方畢竟是打工伙伴，顧箏已經將他劃分在「自己人」的陣營，自然不能坐視不管。他一面心裡腹誹這人太沒戒心，一面走上前去，用指節不輕不重地扣了扣桌面。

「嘿，這傢伙是我朋友。」他面色微沉，用流利的英文說著：「換個地方找樂子吧，這裡不歡迎你們。」

場面頓時一靜，三名外國人看向顧箏，像是被掃了興致，神色有些不豫。

但顧箏體格好，高大又精壯，面上不帶笑容說話，看上去就有一種不太好惹的氣質。他們不過是臨時起意，圖個好玩罷了，沒眞想爲了一夜風流而跟誰槓上、引起衝突，於是遲疑片刻後，最終只是罵罵咧咧幾句，一個個悻悻然起身走了。

這幾人一走，夏時初的模樣便更清楚地躍入顧箏眼簾。

他的打扮裝束其實與白日並無不同，同樣的襯衫長褲，只是眼鏡收起來了，精緻俊秀的五官更加凸顯，卻又不顯得女氣。他眼尾因爲酒意而染上了一抹酡紅，睫毛又長又翹，本該是禁慾內斂的氣質，此時乍一看竟妖孽似的勾人。

他衣襬方才被揭起一角，腰際一截特別白皙的皮膚暴露在空氣中，白得幾乎刺目，顧箏燙到一般地連忙移開視線，往上卻猝不及防地與夏時初對上眼——那雙眼眸一片清明，分明沒有半點爛醉的模樣。

顧箏腦門上緩緩浮現一個問號，杵在原地匪夷所思地看著對方。

就見那個「乖巧」的夏時初慢騰騰地動了，竟是從口袋摸出了一支菸，不急不緩地點燃，抽了一口。

「唉，」他吐出一口白霧，唏噓道：「到手的炮沒了。」

「……蛤？」

夏時初覺得，最近可能眞的不是他的日子。

撇開別的不說，他這會兒不過是想溜出來玩耍一下，快要到手的炮都能被攔截。他還沒試過4P呢，聽起來多刺激啊，現在什麼也沒了。

他神情懨懨，一時都有些懶得搭理顧箏，很是惆悵地又抽了一口菸。

「你故意的？」顧箏在聽明白夏時初的話以後，臉色逐漸鐵青，難以置信道：「那麼多人你也不怕出事？你在想什麼啊？」

夏時初懶洋洋地抬眸，可能是對這種說教語氣感到厭煩，也可能是覺得顧箏的反應太純情，根本就是欠調戲，半晌，饒有興致地露出了一抹笑。

「我在想，聽說外國人的屌大，」他語氣深沉，「可以一步到胃。」

顧箏被這下流話震撼住了。

然而夏時初還沒完，向下掃了一眼，又補了句：「你的看起來也不錯。」

顧箏忍了忍，臉都慢慢地憋紅了，最後還是沒忍住，爆了粗口：「我靠……」

這人不說話就是斯文俊秀，一說話那就是斯文敗類，徹徹底底地原形畢露。戴著眼鏡時還沒注意到，此時他一雙桃花眼笑起來風流又多情。

顧箏被那曖昧赤裸的眼神掃過，感覺全身寒毛都要炸起來。他無語至極，想直接扭頭離開，夏時初卻喊住了他。

「這位好心的……顧小兄弟，」他二指夾著菸，慢悠悠地說道：「你把我釣來的金主給嚇跑了，不打算負起責任來嗎？」

顧箏不知想到什麼，面露警戒，連退三步，「我有女朋友。」

夏時初覺得他一驚一乍的反應太好玩，笑得肩膀抖動。

「兄弟，你想什麼呢？我指的是這些。」他指了指桌上的杯盤狼藉，與桌角的一本帳單，「現在沒人買單了，我可拿不出錢啊。」

顧箏簡直被這人的無恥震驚，「騙誰啊，你出門在外都不帶錢的？」

「我很少帶現金，點完才知道不能刷卡。你看，我這裡只有……」夏時初摸出皮夾，打開來扒拉了下，只看見兩枚硬幣，「二十元。」

顧箏沒看見錢包夾層那一排黑卡，被那二十元寒酸到了，「沒錢你還點這麼多？」

「呵，難道你沒聽過一句話，叫作債多不壓身？」夏時初神情頗不以爲然，「而且，反正喝醉了，錢包不就自動找上門來了嗎？」

他指的是剛才那三個外國人。人家分明圖謀不軌，這會兒被他說的跟冤大頭一樣，顧箏沒好氣道：「那你剛剛幹麼不叫住他們？」

「哎，我裝醉那麼久，這樣我多尷尬……」

兩人像冤家一樣，進行著意義不明的拌嘴，直到旁邊一道男聲忽然介入了談話，「那個……」

他們同時轉頭望去，原來是坐在隔壁桌獨飲的年輕男人，不曉得默默旁聽了多久，此時他唇角帶著耐人尋味的笑意，視線直勾勾地望著夏時初，試探地問：「不嫌棄的話，這酒我請你吧？」

顧箏原本是個粗神經的直男，但被夏時初精神汙染之後，這會兒倒是變得敏銳一些，從那男人的言行舉止中，看出了一點示好與勾搭的意思。他不自覺望向夏時初，想看看對方的反應。

就見夏時初定定打量對方片刻，跟著笑了，點點頭，隨意道：「好啊。」

顧箏瞬間成爲局外人。他還能說什麼，他覺得這整件事就他媽是一個大寫的離譜，也一點都不想留在原處看兩人打得火熱，便無語地逕自轉身走了。

走遠前，顧箏鬼使神差地回頭看了一眼，正好見到夏時初和那陌生男人似乎相談甚歡，距離靠得很近，幾乎到了耳鬢廝磨的程度，好像差一點點就能吻上去。他被嚇得虎軀一震，忙扭頭離開了。

顧箏的出現和離開，對夏時初而言就是個不重要的小插曲，並沒有將之放在心上，他現在的注意力集中在新出現的這個男人身上。

男人外型不錯，容貌和身材可以評個中上，談吐從容自信，一副社會菁英的模樣。不過這些都只是次要，夏時初正在審視的部分是：身高高、鼻樑寬、手指長……嗯，可以，想必下面的尺寸不會太差。

於是兩個禽獸成年人心照不宣、一拍即合，沒多久就結了帳一起離開酒吧。

夏時初原本的預期是去男人住宿的地方辦事，或者去酒店開個新房間也可以，未料這人表面上儀表堂堂，私底下倒是玩得挺開，提議去找個沒人的沙灘打野戰。

見夏時初皺了皺眉，男人還以為他放不開，遊說道：「你看，頭頂就是星空，面前就是大海，這不是很浪漫嗎？」

夏時初其實也不是什麼矜持的人，純粹只是覺得蚊蟲很多，又髒又有沙，想像很美好，實際上根本沒有柔軟的床鋪舒服。

男人可能平日就是個慣於發號施令的人，一直執著於說服夏時初，雖然嘴上帶笑，言語卻透露出了一點強勢與支配欲，夏時初被嘮叨得逐漸有些意興闌珊。

還沒得出一個共識來，男人的手機響了，他也不避著夏時初，比了個手勢後就側過身子接聽電話。

「嗯，怎麼了？」

「沒事，我就出來隨便走走，買點東西吃。」

「不用擔心啦，妳先睡吧……」

電話那頭隱約能聽見是道女聲，夏時初站在一旁靜靜地聽，很容易就從男人回應的話語中聽出一點端倪……他的神色逐漸冷淡。

一兩分鐘後，男人最後道了句晚安，將電話掛斷。

夏時初淡淡道：「女朋友？還是老婆？」

男人絲毫不以爲恥，笑著開口：「哦，我老婆。沒事，她人傻傻的，管不著我。」

見夏時初的臉色不對，男人這才頓了下，半開玩笑道：「幹麼？都一樣是出來約的，裝什麼道德高尙啊？」

夏時初聞言笑了。

男人見夏時初笑得好看，更覺心癢難耐，一心想趕快找到地方辦事。他以爲這一樁揭過了，沒什麼大不了的，未料卻見夏時初張口，說的是：「那你可眞是個驕傲的垃圾哦。」

兩人最終倒也沒眞的爆發什麼衝突，男人是個心高氣傲的，沒有多做糾纏，只是不歡而散，分道揚鑣。

夏時初獨自走在漆黑人少的小路上，低頭看了眼手錶，快凌晨兩點了。這時間不算早了，按照夏時初的行家經驗，出來約的人，有成的已經在辦事了，沒成的多半也已經回家洗洗睡了，估計很難再釣到下一炮，而且他也實在折騰得有些倦怠了。

於是夏時初嘆了口氣，慢慢蹓躂回陶家的旅店，找到房間後，摸黑躺平到自己被分到的床位上了。

但陶潛這是什麼房？是四人一寢、有上下舖的背包客棧，空間狹小、老舊簡陋，一有人翻身，床架就吱嘎亂叫，彷彿即將解體，其他三床陌生人的打鼾聲震天價響，此起彼落彷彿可以奏成一曲交響樂。

夏時初白天被分到這房間時，壓根兒就沒想過今晚眞的要在這裡睡。這約莫是夏太子此生住過最寒酸的地方了。他分明是出來找樂子的，這下反倒像是自找苦吃。

酒精使人頭腦混沌，卻也讓人淺眠，更何況他本來睡眠品質就不好，失眠得厲害。他下意識地想吃一顆安眠藥，下一秒又想起來自己溜出來時只揣了一個隨身小包，其他大部分家當都扔在夏苑酒店裡，並沒有把藥帶出來……

夜晚實在太過漫長，他在黑暗中聽著那些惱人的噪音，焦躁感席捲而來，翻來覆去很久，終於還是忍無可忍地翻身而起，在黑暗中下床，推開房門又溜出去了。

陶家臨海，夏時初從後門走出屋子，又出了後院，直接就能看見黑沉沉的海面，便在後院外圍的矮牆邊，隨意找塊地坐下了，從口袋摸出一包菸。

他一邊點火一邊又瞟了眼手錶，凌晨三點多，還好，這個時節大概五點就天亮了，這一夜倒也不算太難熬。

小島的光害少，凌晨的天色十分幽暗，看海其實也沒什麼浪漫，就一團黑，看不出什麼所以然，而且靜悄悄的，空無一人，只聽得見浪濤聲。

夏時初遙望一會兒，覺得一切眞是無趣至極。

他從口袋摸出關機已久的手機，重新打開，積累的通知接連而來，叮叮咚咚地響了半天。仔細瞅瞅，倒也沒什麼特別的，大部分都是許謹文的訊息與未接來電，時間非常密集且頻繁，完全可以想見此人快要抓狂的模樣。

夏時初無聲地笑了一下，回了條訊息：「嗨？」

許特助不愧是許特助，這時間點竟然還沒睡，秒讀訊息，而後電話立刻就打過來了，接通就是一頓狂飆：「嗨你個頭！找你一整天了知不知道？你到底在哪裡！」

夏時初想了想，「海邊。」

「誰不知道你在海邊？」許謹文怒氣値極高，話說得咬牙切齒，「這座小島哪裡不在海邊？」

夏時初笑得樂不可支。

許謹文終歸還是太了解他，曉得這人「我就喜歡看你無能狂怒」的德性，壓下火氣，耐著性子說：「你要是玩夠了就回來，總公司那邊還在等我們消息。」

「文哥，你急什麼？」夏時初笑嘆了口氣，「難道夏女士會說什麼嗎？」

許謹文一時語塞。

夏時初承母姓，夏女士指的正是他母親，夏宛君，同時也是夏苑集團的現任執行長。她性格冷傲，事業心強，與夏時初的關係並不親厚，從小便不太理睬或管教他。許謹文在集團任職十年，自然對這些十分清楚。

不等許謹文答腔，夏時初想了想，逕自開口：「不過，如果耽誤到公司的事情，倒也是有可能會說點什麼。」

許謹文沉默片刻，語氣變得和緩了些，「公司的事我已經讓小七先回去交差，不會耽誤。」

夏時初「哦」了一聲，懶洋洋地說：「那你還有什麼好著急的？她搞不好根本就沒發現我沒回去。」

確實挺有可能，許謹文一時都沒法反駁。

「時初，我知道你心裡難受。」他斟酌著字句，「周家那邊，你要是不願意，我可以幫你勸勸夏總……」

「難受？」夏時初頓了下，輕聲重複，過後卻又沒事一般地笑了，「文哥，你想多了，你還不了解我嗎？那種小事我根本無所謂，我就是閒不住，出來玩玩罷了。」

「我是說——」

「哎，不說了。」夏時初笑嘻嘻地打斷，「反正別著急，過兩天我玩膩了就回去，難得來到海島，你就當作度假，悠閒幾天吧，就這樣啦。」

「喂！等等，別掛——」

夏時初才不理他，直接掐斷電話。不過對方立刻不依不撓地又打過來，夏時初乾脆俐落地把許謹文拖入黑名單，世界就又安靜了。

一支菸即將燃盡，夏時初將之按滅在一旁的沙地上，再點起一支。他在那裡漫不經心地坐了很久，好像在想些什麼，又好像什麼也沒想，隨著時間流逝，一旁積了一地的菸屁股。

又一陣子後，背後隱約有些響動，有人也從後門推門出來，壓低著聲音說話，聽起來是個小女生，邊走邊講著手機。

「沒有，還沒睡……嗯，旁邊沒人……」

那人走到院中，夏時初則靠坐在矮牆外的地上，因此一時沒有被看見。

「可是……老師，我……我不想……」

夏時初原本懶得搭理，但越聽越覺得不太妥當。他也沒有偷聽小女生講電話的癖好，才想著要不要起身提醒一句，女孩正好緩緩踱步出了院子，乍見一旁矮牆邊竟還有人，嚇了好大一跳，驀然收聲。

在小院中地燈的昏暗黃光下，夏時初與她大眼瞪小眼了一會兒——面前是位年輕少女，留著俏麗的短髮，五官清秀可愛，稍顯稚氣，約莫是高中生。

少女瞪著他一會兒，轉過身去，匆匆把電話收尾掛斷，然後又轉回來，眼神帶著一點凶光，像在質疑夏時初有沒有聽到什麼不該聽的。

夏時初咬著菸，唱歌似地說：「啊——啊——我聾了，什麼都聽不見。」

……信你才有鬼。不信歸不信，總也不能把人滅口，少女想了想，反正是不認識的人，大概只是旅店的住客，應該也沒什麼關係。

她盤手端詳著夏時初，像是對這個同樣深夜不睡的傢伙來了點興趣，視線在夏時初的臉上盤旋了一會兒。

「那東西……」她忽然指了指他手上燃燒著的菸，「好抽嗎？」

夏時初愣了愣，想了下，實誠地說：「還不錯。」

不等少女說什麼，他又補充：「就是會稍微帶來一點小困擾。」

「什麼困擾？」

「抽了口臭。」

「……你認眞的？」

「眞的，我見過一個女孩子，老菸槍了，長得漂漂亮亮，一張嘴，噫，那味道，像爛掉的廚餘。」

少女一時被廚餘給震住了，夏時初又笑咪咪地邀請：「以後接吻，妳問妳男朋友就知道了。怎麼樣，要來一支嗎？」

少女臉色十分複雜，糾結半晌終於掙扎著說：「先……先不要。」

這大概就是個典型的叛逆期姑娘，人小鬼大，故作老成，想嘗試只有大人能做的、看起來很酷的事情，內裡實際上就是個小孩子。

夏時初沒有想跟小孩子搭話的意思，但少女卻不放過他，湊近過來，語氣狐疑，「我好像沒聞到你有口臭。」

夏時初抽的是女士菸，味道淡雅柔和一些，嗅起來是細膩且回甜的菸草味，自然沒有他說的那般誇張，不過這不妨礙他繼續信口胡謅。

「那是妳不夠靠近。」夏時初說著，哈了一口氣，「來，妳聞聞？」

少女當然不可能去聞，反而退後一步，將信將疑地作罷了。

夏時初沒再理她，兀自悠哉地眺望遠方。

少女佇立片刻後仍是沒走，在一旁不近不遠的位置也坐下了，「你也睡不著嗎？」

「唔，算是吧。」

「你怎麼了，心情不好嗎？還是有心事？」少女異想天開地提議，「不然，我們可以說出來交換一下。」

夏時初聽她老氣橫秋的發言，只覺得好笑，轉頭仔細看了看她，「妳才多大年紀啊，跟人扯什麼心事？」

少女被說得有些不爽，撇了撇嘴，「我不小了。」

一陣海風吹來，將少女的短髮吹得糊在臉上，她伸手隨意地撥了撥，布料輕薄的長袖隨著她的動作下滑，隱約露出了手腕內側幾道橫向的殷紅色痕跡。

夏時初眼睛微微一瞇，若無其事地問了句：「妳不熱啊，這種天氣還穿長袖。」

少女斜他一眼，嘟囔道：「你不也是一樣。」

「我這是上班出差的襯衫，跟妳這種小朋友哪能一樣。」夏時初失笑，把最後一支菸按滅，伸了個懶腰，「行吧，不是要說心事？來，我洗耳恭聽。」

「誰說要說心事了。」少女的眉眼間帶著一抹陰鬱，情緒壓抑，沒有這個年紀該有的活力與天眞，且可能是晚上不睡、作息不規律的關係，氣色並不好，眼下帶著青黑，整個人看起來死氣沉沉。

夏時初看她那模樣，笑嘆了口氣，勸道：「有什麼問題回家跟媽媽哭一聲不就結了，在這裡遊蕩有什麼用？不如趕快洗洗睡吧。」

「我睡不著。」少女悶悶道：「而且我媽最近身體不好……不想讓她操心。」

「妳家裡難道沒有別人？」

「他們才不懂，他們都很……單純，」少女皺著眉，「我的事情比較複雜，不想告訴他們。」

行吧，高中女生，一種自認為自己是全世界最複雜的生物。夏時初沒有當人知心哥哥的興趣，也不想再勸，伸手在一旁的隨身小袋中胡亂翻了翻，「妳成績好不好啊？」

問成績簡直是青少年的大忌，少女聞言就垮了臉色，沒好氣道：「關你什麼事？」

但夏時初聞言竟是點點頭，似乎並沒有要說教的意思，「哦，我成績也不好。」

……不是，我也沒說我不好啊。少女表情一言難盡地看著他。

就見夏時初從小袋中翻出一本厚厚的舊書，隨意地塞了過來，「喏，送妳，睡不著時看看，包準妳翻兩頁就睡著。」

少女徹底無語，並沒有覺得被安慰到。

## 日記二

有人送給我一本書，是文森・梵谷的自傳。

這位名垂不朽的大畫家，在世時其實過得不順遂，幾乎可說是一生失意潦倒，且飽受精神疾病折磨。他甚至也有自殘行為，傳聞都說，他將自己的一邊耳朵割下來了。

我其實不太確定，那人給我這本書是想表達什麼。大概是希望我能明白，再怎麼偉大光鮮的事物，都注定有其殘缺吧。

當然，也有可能只是他剛好手上有這本書，隨便塞給我而已，完全沒有什麼意思。

他雖然比我年長，有時看著也是挺不可靠的。

# 第三章

少女無言片刻，仍是把書接下了，捧在手裡翻了幾頁，「這什麼書啊？」
夏時初漫不經心地回答：「以前我一個美術老師給的。」
「好看嗎？」
「超無聊。」
少女再次被他氣到，「不好看你還送？」
夏時初對她露齒一笑，「就說了，看了一定睡著啊。妳晚上睡不著，這樣不是正好？」
只能說長相好看的人總是比較吃得開，少女被他笑得頓時沒有脾氣，只得悶聲道：「要是我沒能睡著呢？」
夏時初單手枕在腦後，往後靠在矮牆上，一派閒適的樣子，「那妳就交個兩千字讀書心得上來吧。」
神他媽讀書心得。少女好氣又好笑，一方面覺得無言，一方面又對這人有些好奇。
夏時初模樣好看，幽默溫和，又是個年長成熟的男人，她一個二八年華的少女，不免就想與之多聊一會兒。於是她想了想，又問道：「喂，你有女朋友嗎？」

夏時初瞟她一眼，「沒有，怎麼？」

少女慢吞吞道：「哦，沒有啊，你不是讓我講心事嘛。」

然後她就開始單方面傾訴了一些感情方面的煩惱。她說得有些含糊，大致上是她有個喜歡的人，和對方在一起後，卻漸漸發現對方似乎和自己原本想像的不大一樣，有時也會自我懷疑，或許是自己不夠成熟，所以才沒法理解對方，是自己配不上對方……

「所有感情的事吧，」夏時初聽這些粉色系的煩惱聽到頭痛，慈愛地說：「我一律建議分手。」

你是魔鬼嗎？

夏時初無視少女一臉便祕的表情。他可不覺得自己能當心靈導師，也一點都不想了解得太深入，「妳心也是挺大，隨便碰到個人就往外講心事，不怕我亂說出去嗎？」

少女不以爲然，「沒差，反正你又不知道我是誰。」

「我怎麼不知道。」夏時初突然神來之筆地來了句，「妳是陶郁安嘛。」

頂著少女驚愕的目光，夏時初如數家珍：「妳念高二，學校在高雄，一家四口，上有一個哥哥。妳最近心情不好，白天都躲在自己房間裡，晚上常偷跑出來夜遊……」

陶姓少女露出不妙的表情，「你、你誰啊？你是我哥的朋友嗎？」

其實夏時初只是白天湊巧聽到陶郁齊和顧箏的對話罷了，她的年紀正好吻合，且五官輪廓與陶郁齊隱約有些神似，隨便一兜就對上了。但他當然不會這樣說，他只是衝人露出一個神鬼莫測的笑容，繼續胡說八道：「呵，很多事情我掐指一算就都知道……」

陶郁安整個人都緊張起來，「你……你可別和我哥他們說。」

夏時初倒也沒想把人逗得太過，笑笑反問：「說什麼？」

「……反正，就是什麼都別說。」天際線開始泛起魚肚白，陶郁安彷彿見光死，抱著書起身，準備要溜回屋子裡，臨走前再次鄭重警告：「記得啊，什麼都不准說！」

說罷也不等夏時初回應，自顧自跑走了。

恰在此時，海平面那頭終於露出一線曙光，將深藍色的天幕暈染出一片鵝黃色，夏時初坐在原地，忽然被日出的景致美了一臉。

他從來不曾這樣長時間等待日出過。這種時間點，他通常都在某張床上廝混，看日出這個行爲，對他而言太過於熱血健康了。

可能是這經驗太過新鮮，也或者是這裡的晨曦配海景確實很美，靜謐且安寧，夏時初凝視了一會兒，心中積累的虛無與煩躁感，終於在這一刻被撫平了些許。

挺漂亮的，他想。若是手邊有紙筆就好了，他久違地有那麼點手癢，想拿起畫筆，將眼前所見的景色描摹下來。

「唷，年輕人起這麼早啊？」

夏時初聞聲回過頭，就見一位婦人剛從木屋中走出，站在充滿綠植造景的院落中，迎著晨光，笑著衝他招呼了一聲。

一天下來，夏時初心裡對這個又小又破的地方嫌棄得要死，這會兒看著眼前的畫面，倒又覺得有一種樸實恬淡的溫柔，布置得挺有意思。

面對婦人的問句，夏時初當然不好說自己根本一晚沒睡，聽起來就像抱怨一樣。於是他只是模稜兩可地點點頭，又試探地猜：「您是……老闆娘？」

婦人笑著說了聲是。剛才陶小妹跑得飛快，或許就是怕遇到早睡早起的母親。

陶夫人又問：「昨晚睡得好嗎？哎，你等我一下啊，我給你盛一份早餐。」

「啊，不用了，我自己……」

陶夫人完全沒在聽，勤快地進屋去了。

夏時初摸摸鼻子，把一地菸頭撿了撿，站起來往回走。

走進小院時，陶夫人也裝好了一盤早餐出來，擱在院中的一張長木桌上，和他招招手，「來，坐這邊吃，還可以看著海景。」

陶夫人大概有一些店裡的事要做，在一旁忙進忙出，一邊同他閒聊：「你就是昨天新來的小伙子吧？我聽老陶說來了個特別好看的小帥哥呢。」

夏時初不是很習慣面對這麼熱情親切的長輩，一時不知道答什麼，只好哈哈乾笑。

陶家旅宿經濟實惠，餐飲自然用不上什麼高檔的食材，但顯然是剛剛才起鍋，食物都還熱騰騰的。拼盤中有炒蛋、蘿蔔糕、燒餅等等，與一小堆現切的水果，配一杯手工豆漿。

夏時初吃慣了精緻的西餐，這不算合他口味，不過可能因爲是新鮮手作，再搭配上陶夫人盛情的問候，倒也不覺得難以下嚥，反而有一種溫暖而親切的煙火氣。

媽媽做的早餐大概就是這樣吧，夏大少爺一邊慢吞吞地咀嚼，一邊心想。

在他慢慢把食物消滅乾淨的同時，陶夫人從廚房搬了個大盆出來，咚的一聲擱在長木桌的另一端。

夏時初看了一眼，盆裡放的似乎是某種零食，金黃色的，一根一根捲得像辮子，堆得滿滿的一整盆，「這個是……」

「哎呀，你沒吃過嗎？是麻花捲，我們這裡很有名呢。」陶夫人解釋道：「這是昨天剛炸好的，放涼了一晚，今天可以裝袋了。」

不問不知道，原來麻花捲是島上特產，是一種爽脆的小零嘴，幾乎每位遊客離開前都會買上一些當作伴手禮。觀光旅遊越來越發達之後，島上有很多居民都以此爲副業。

陶夫人一面說著，伸手拈起其中一支，遞給了夏時初，「喏，吃吃看。」

這玩意兒比想像中的還要硬一些，夏時初心裡沒有預期，咬下去時只覺得牙都差點要崩了，表情懵了一下。

那邊陶夫人還在笑咪咪地說：「哎，你等等啊，裡面還有其他口味，甜的鹹的都有，都吃吃看，看喜歡哪一種，之後送幾包給你帶走……」

陶夫人有一種特別的氣質，彷彿是全世界孩子的老母親，擅長見人就誇、嘘寒問暖，以及各種投餵。

那一盆麻花捲，裝進包裝袋的不多，反而大半都進了夏時初胃裡。陶夫人盛情難卻，撐得夏時初飽到不行，邊塞還邊嫌他食量小，「你就是這樣才太瘦了，要多吃一點！」

幸好在夏時初脹死之前，陶老闆也起床了，牽著一隻黃金獵犬出來，像是正要去散步。見到陶夫人在包手工，大驚失色地湊上前來，緊張兮兮道：「哎呀，妳幹麼啊，就讓妳多休息了！」

陶夫人好笑道：「嘿？你誇不誇張，我就是找點事情做而已。」

「妳不是容易背痛嗎？這些放著給陶郁齊他們弄就行了……」

「就做這麼一下子而已，沒事。最近不是缺人手嗎，孩子都要忙壞了，反正我閒著也是閒著。」

「……好吧，那妳熱不熱啊？我幫妳搬個電風扇過來……」

陶老闆說著，雷厲風行地又進屋去了。大金毛被留在原地，似乎對夏時初很感興趣，熱情洋溢地就要往他身上撲。

夏時初手忙腳亂地接住了大狗。他沒養過寵物，不大知道怎麼逗，只能胡亂地摸摸頭、搔搔下巴。

大金毛倒是不挑剔，也不認生，不停興奮地衝他叫，蹦躂著要往他懷裡鑽，撲了他一臉狗毛。

夫婦、兒女、大狗、庭院……夏時初忽而有些怔然，忍不住心想：這就是一個眞正的家吧。

陶夫人慈祥地看他逗狗，「不好意思啊，老陶總是這樣，大驚小怪的。」

「……那是他體貼妳。」夏時初回神過來，笑了笑，「你們這樣……挺好的。」

「我又不是玻璃做的，哪那麼嬌氣。」陶夫人無奈搖頭，「對了，你打算在我們這裡做多久呀？一個月？」

夏時初拍了拍身前的大狗，把不久前才承諾許謹文的那句「過兩天就回去」拋諸腦後，「嗯……差不多吧。」

✦

最開始，夏時初只打算溜出來玩兩天，就跟平時翹班一樣，沒眞想在任何地方久留。但陶家人的質樸與熱情，讓他久違地感受到了一點「家」的溫度，不自覺地令他流連，這才有了後續的一連串事情。

不過這些細節顧箏自然不知道。酒吧那次撞見之後，他只覺得這是位沒有節操的公子哥，印象分數直接跌成負値，有好一陣子都對這人敬而遠之。

即便套上了兩年的時光濾鏡，此時回憶起當時初識的情景，顧箏仍覺得頗爲荒謬，不是什麼溫馨愉快的相遇。

然而面對高瑋杉這樣的長輩，顧箏也不好批評什麼，只是避重就輕地說：「他正好去那裡出差，我正好去那裡旅遊，就……偶然遇見了。」

「這樣啊。」看出顧箏似乎並不想深聊，高瑋杉沒再探究，「時初今天也有來，要不然我叫他過來？你們年輕人可以聊聊——」

「不用了！」話說出口，顧箏才意識到自己拒絕得有些太強硬而突兀，連忙補救道：「我和他很久沒見了，就……讓他忙吧，不打擾他了。」

高瑋杉聞言也沒再堅持，點點頭，「時初這次展出的作品不只這一幅，顧先生如果有興趣，我們可以往這邊走……」

話還沒說完，顧箏口袋裡的手機震動了起來，他向高瑋杉道了聲抱歉，先去角落接電話。

「……怎麼了，不是還有一小時？」

「要提前？杜經理已經到了？」

「好，我馬上過去。」

簡短幾句交談過後，電話掛斷，顧箏回過頭來，表情有些尷尬，「抱歉，我這邊還有點事……」

高瑋杉聞言不好多留，只是嘆道：「眞是可惜了。」

兩人客客氣氣地道別。臨走前，高瑋杉最後又說了句：「這裡會展出一個禮拜，顧先生之後有時間的話，不妨再來看一看。」

顧箏哈哈乾笑：「一定、一定。」而後匆匆走了。

夏時初正在美術館的某一個露台處抽菸。

沒抽多久，背後傳來了腳步聲，夏時初回頭一看，來的人是高瑋杉。他愣了下，忙把菸掐滅了。

高瑋杉朝他走近，沒說什麼，只是拍拍他的肩，笑了笑，「就是那個人啊。」

夏時初模稜兩可地「唔」了一聲，沒有正面回答。

「怎麼不去好好說點話？現在人都走了。」

夏時初笑了一下，「沒什麼好說的，他應該……不會想見我。」

「你們年輕人吶，就是矯情。」瞧他那副樣子，高瑋杉不禁嘆了口氣，「算了，不說了，走吧，準備下班囉，館長要請大家吃飯呢。」

聚餐的地點在美術館附近一間五星級酒店的西餐廳，一群人包括藝術家與工作人員，有二三十人，熱熱鬧鬧的。

一伙人走進店裡，等待服務生帶位時，夏時初先望見了裡頭某一桌，正在與人吃飯的顧箏。

大概是因爲這算是這一帶最高檔的餐廳了，稍有水平一點的聚會，便不約而同地定在了這裡。

顧箏的飯局恰好坐滿一張十人圓桌，應該是某種商業應酬，夏時初還認出了其中一些面孔，大多都是顯赫的資方。顧箏坐在這群人裡，顯得有些突兀的年輕。

他們大概待有一會兒了，飯局已到後半，幾個人都沒在動筷，而是在談天交流、推杯換盞，桌上沒剩什麼菜餚，倒是散布著非常多的空酒瓶。

顧箏大學畢業後並未考研，而是投身於創業，去年方才首次公開募股，轉爲正式的上市公司，相識的人還會半客套地喊他一聲「小顧總」。

但他終究是白手起家，沒有強大的後台背景，公司也尚在起步階段，規模並不算大，只得放下身段，每天飯局酒局不斷，幾乎是拿命才換來這些交情與成就。即便現在一切都逐漸上了軌道，他仍有不少應酬場合，往往需要喝上不少，而他酒量卻又一向差勁，此時臉色已經隱約有些蒼白。

服務生帶著美術館一群人入場，夏時初路過顧箏那一桌附近時，眼神在桌上的空酒瓶掃了一圈，微微皺了皺眉。然而他也不能如何，就只是那樣走過去了，酒意有些上頭的顧箏都沒有注意到他。

一場聚餐，夏時初吃得心不在焉。中途他去了趟洗手間，從隔間走出來時，就見洗手台邊已經站了一個人——正是顧箏。

可能是酒意太盛，他正在洗臉，給自己醒醒神，抬起頭來時，在鏡子裡與夏時初一下子對上眼，愣了一愣。然後他也沒說什麼，默默讓出了洗手台的位置，到一旁拿紙巾擦臉。

夏時初不想與他一起走出去，於是洗手洗得非常仔細，好像有潔癖症似的。

顧箏卻沒有如他所願地先走一步，擦完臉後抱著手靠在牆邊，目光沉沉地望著他，半晌，乾巴巴地問了句：「你們也來吃飯？」

夏時初在心中嘆了口氣，把水關了，扭頭看向顧箏，「對啊。」

「哦。」

好一個自殺式尬聊……夏時初觀察他蒼白的臉色片刻，覺得此人應當是醉得不輕，否則不會這樣意義不明地和自己搭話。他遲疑了下，仍是多問了句：「喝了很多嗎？」

顧箏似乎一時不知該說自己喝多還是少，最後揀了個中性的詞，「還好。」

「那些人……你盡量別跟他們牽扯得太深。」夏時初組織著措辭，委婉勸道：「他們比較……愛玩一點，飯局到最後，多半會再尋些樂子。」

他指的是顧箏飯桌上的其他人。夏時初因家世緣故，不免認識許多政商名流，他們大多有權有勢，其中不乏有一些名聲不太好的，剛才在顧箏的飯桌上，夏時初便從中認出了一二。

看在他眼裡，顧箏就像一朵純情小白花坐在一群妖魔鬼怪裡，頗格格不入。

也不知是不是被酒精影響了思緒，顧箏的反應好像有些緩慢，聞言延遲了好一會兒，才喃喃重複：「那些人。」

他笑了一下，笑中帶刺，緩緩地反問：「哪些人？像你這樣的人？」

夏時初怔住了。

即便是當年初識時，他們互看不順眼，顧箏最多也是和他打一打無關緊要的嘴炮。他性格素來直率陽光，不會用這樣刻薄的、使人難堪的言語，攻擊傷害別人。

夏時初忽然覺得自己真是越活越回去了。過去的他玩世不恭、沒心沒肺，隨便別人批評抨擊，他習慣了，從來不會在意。

然而，顧箏對他而言或許還是不一樣的。這人的態度與言語竟然這麼輕易地刺傷了他，他麻木地感受著這一份痛楚，心想：啊，原來自己還是挺脆弱的，原來他還是會感到難受。

夏時初看著顧箏，沉默片刻，也笑了。

「對，像我這樣的人。」他乾脆地點點頭，「你最討厭的那種人。」

也不知顧箏是吃壞肚子還是怎樣，去洗手間一趟回來，整個人神情陰陰沉沉的，好像誰惹了他一樣，飯桌上的其他人一時都有點不敢胡鬧。

不過也只是一時，沒一會兒眾人便又沒忍住原形畢露了。大家都喝了酒，正在興頭上，飯局已經接近尾聲，其中一人笑得神祕兮兮又帶點曖昧，提議要叫「外送茶」。

顧箏往那人看了一眼，這人名叫杜哲彰，是位銀行經理。

當初，顧箏事業起步時有陣子頗爲艱難，無論去哪間銀行談融資，幾乎處處碰壁，直到他遇上了杜哲彰。一筆救火的貸款申請，便是在這人手上通過的，且可能對他公司的未來頗爲信任樂觀，評估試算過後，竟給出了比預期還理想許多的額度與利率。

顧箏知道自己應該心懷感謝，卻實在很難對他產生好感——這人三十歲出頭，已經娶妻，膝下有兩幼子，但每次出來應酬，往往都是第一個提議要「找樂子」的傢伙。

大約是生活太過安逸富裕，杜哲彰的體型頗具福態，除此之外五官倒還算乾淨整齊，可笑起來總讓人覺得有種猥瑣之氣，看得不太舒服。

顧箏也已經是社會人士，不再是不諳世事的大學生了，這種事情不是沒有碰見過，當應酬地點被定在酒店或者會所時，其實就可以看出一點端倪。之前他一向都是婉拒，在飯後自行離開，並不參與這種「活動」。

「怎麼了，小顧總終於也有興趣了嗎？」杜哲彰發現了顧箏看過來的眼神，嘿嘿地笑，「懂的懂的，大家都是男人嘛。你喜歡哪種類型，清純可愛的？還是潑辣性感的？怎麼樣，我幫小顧總點一個？」

顧箏拒絕的話到嘴邊，卻又停住了，想起剛才和夏時初的那一段對話——你們這種人，我們這種人，界線劃得多麼分明。

憑什麼你可以隨便玩，我就不行啊？顧箏只覺一股鬱氣堵在胸口，不上不下無處宣洩，讓他感到無力又憋屈，酒精同時加成了腦海的衝動短路，他賭氣地說：「行啊。」

小珍是今天被點來的茶妹之一。她被分到了顧箏這一房，低調地刷卡進門以後，發現房中的燈光昏暗，男人正沉默地坐在床邊，凝望著虛空中的某一點，神情陰鬱，不知在想些什麼。

她語氣曖昧地與顧箏打了招呼，發現對方不太理睬自己。她沒放在心上，只覺得今天要服務的可能是個憂鬱小生，反正看對方相貌英俊，體格又好，怎麼樣都不吃虧，而且他看起來還很年輕，有可能是害羞吧，於是她體貼地想先給對方心理準備的時間，

「那我先去洗澡唷。」

洗完再出來時，她身上只圍了條浴巾，幾乎快遮不住胸前的豐滿渾圓。

顧箏依然沒有多看一眼。

小珍姿態婀娜地向他走近，正想要出言挑逗的時候，男人忽然沒頭沒尾地開口了：「我有個喜歡的人。」

「啊？」

「我本來都想好了，想好要怎樣正式……告白。那時候我還想著，之後要帶他回家，介紹給我父母認識……但他好像從來就沒把我當一回事。他比我大四歲……家裡也比我有錢，我好像怎樣都追不上他……」

顧箏的酒勁大概在這時候完全上來了，昏沉得理智全無，像個婆婆媽媽一樣碎念了一大堆。

小珍一頭霧水地站在原地，想打斷吧，又覺得這人說得實在有點可憐兮兮，不打斷吧，又站得腿痠，只好在床邊的椅子坐下繼續聽。

「他就是，喜歡到處留情……根本只是在玩我而已。」

越聽越覺得顧箏根本遇到的就是個垃圾渣女，小珍無語反問：「那你還喜歡她什麼啊？」

顧箏呆怔片刻，也不知想到什麼，露出了一個恍恍惚惚的笑，「他長得好看。」

……我還以爲是什麼深情人設呢，竟是一隻顏狗，小珍眞想呸他。

不過顯然不只如此，顧顏狗又叨叨絮絮地補充著。

「他也很有才華，畫畫的時候……真的很迷人，而且，雖然嘴上不著調……其實心腸很軟。那時候他知道我酒量不好，還會幫我擋酒，還有陶小妹那時候出事，他也是二話不說地幫了忙……」往事隨著講述一件件浮現腦海，顧箏頓住片刻，怔怔道：「他其實是個很善良的人。」

莫名其妙又被秀一臉，小珍就那樣一臉懵地聽他發了牢騷又放閃，老媽子似的碎碎念了接近一個小時，然後……就沒有然後了，酒意濃厚的顧箏，說到最後忽然沒了聲。

小珍定睛一看，發現此人呼吸綿長均勻，已經睡著了……媽的，我褲子都脫了就給我看這個？

# 第四章

渾渾噩噩入睡之時，顧箏腦中想的是，夏時初說的那句「你最討厭的那種人」。

半夢半醒間，顧箏試圖回憶，自己說過討厭他嗎？

……可能沒有這樣說過，但當時自己對待他的態度，大概十分明顯。

這一覺睡得不是很踏實，且可能是今天太多次遇上、提起夏時初的關係，他恍惚間又紊亂地夢到了兩年前的一些往事。

在酒吧的那個插曲過後，顧箏便想對這人敬而遠之，偏偏事與願違。可能是他最初就承諾過有空會多照顧人家的緣故，偶爾有兩人一組的雜務或工作，陶老闆便總是將兩人分在一起。

除此之外，過了幾天後，有一批二十人左右的團客即將到來，使得床位吃緊，員工們自發地把自己占的床位讓出來，打算集中一起打地鋪。而夏時初做爲一個新血員工，陶老闆不好意思讓他和一群打呼磨牙的男人們擠在一起睡地鋪，乾脆把他單獨拎出來，分去了顧箏的房間。

夏時初對於調動沒什麼意見，提著爲數不多的行李直接過去了。

顧箏在陶家一直擁有家屬級別的待遇，有一間專屬於自己的房間。過去旅店爆滿的時候，顧箏也不是沒和員工分享房間過，可是現在他一想到對方是個沒有節操的同性戀，心裡就彆扭又不舒服。

不過暑假遊客眾多、床位珍貴，顧箏沒想讓陶老闆難做，便沒有抗議什麼，只是開門迎接夏時初時，臉色實在臭得要命。

夏時初原本沒想太多，但看到顧箏的表情就笑了。知道對方還在介意酒吧那晚的事情，他一邊進門，一邊隨口勸慰：「你別那麼緊張，我們gay呢，也不是見到誰都想睡，那種事情吧，也講究一個你情我願……」

顧箏的房間不大，簡潔乾淨，沒太多擺設，只一面牆上貼著一張巨大的鯨魚圖鑑，此外，室內就放了兩張單人床與幾個木質的矮櫃，連把椅子都沒有。

夏時初簡單巡視一圈，隨意找個角落把行李放下，然後往顧箏褲襠瞄了一眼，眼神中帶著一點遺憾，「畢竟有句老話是這麼說的，『強扭的大黃瓜不甜』。」

「最好是有這句話！」

其實，對夏時初來說，這種年輕又純情的小男生，勾搭起來後患無窮，他嫌麻煩，一向敬謝不敏。

然而顧箏並不清楚這一點，面對夏時初嘴上花花的調戲，總是特別不禁逗。

夏時初覺得他的過激反應很有趣，簡直可以截下來做成貼圖。兩個歡喜冤家兼新晉室友一邊拌嘴一邊下樓，到後院日常打雜。

顧箏將空的氣瓶一瓶瓶重新罐滿氧氣，悶頭忙碌一會兒，還是沒忍住抬頭多嘴了句：「陶家一家都是好人，老實又善良，你別仗著他們人好，就賴在這裡胡來，也別拿你們……那一套，來汙染他們。」

夏時初正忙著曬被單呢，根本沒想理他，渾不在意地反問：「哪一套？」

顧箏自然說不出來，他皺起眉頭，看向似乎挺認眞在做家務的夏時初。

細細一數，這是夏時初留在陶家打工的第八天了，對方身上已經穿著陶家店裡制式的T恤，外罩著一件防曬的薄夾克。這一個多禮拜以來，夏時初其實挺安分地工作，沒勾搭店裡的誰，也沒搞什麼混亂的男男關係，只不過夏大少爺從小錦衣玉食慣了，家事都有家政阿姨處理，怎麼會熟悉這些雜務？

但他或許是覺得新鮮，也可能是心血來潮想體驗人生，倒是莫名地熱衷於此，連店中的綠植都勤勤懇懇地天天澆水。而顯然這人就是個植物殺手，澆水也拿捏不好尺度，沒有任何植物承受得了夏大少爺沉重的愛，一盆大盆的龜背竹都被澆到垂頭喪氣、要死不活的樣子。

像現在，夏時初曬衣物老是不曉得甩一甩，布料都皺巴巴的，顧箏看沒一會兒就忍不住了，上前幫著把幾件被單都扯平晾好，邊幫忙還邊沒好氣地嗆了句：「你到底什麼活能做好？」

夏時初退到一旁，看著顧箏嘴上罵罵咧咧，手上還是把工作都接過去幹完了，覺得這人眞是莫名其妙。他認眞想了想，又湊過來，像說祕密似的，小聲悄悄道：「我口活挺好。」

顧箏一陣沉默。

「眞的。」夏時初笑咪咪地又說：「要試試嗎？」

對上此人，顧箏果然還是臉皮太薄，沉默著慢慢漲紅了臉，還未有所反應，夏時初瞥見一旁的氣瓶，率先開口：「小兄弟，你們等等要去潛水啊？」

顧箏壓著火氣，「誰跟你小兄弟？」

夏時初愣了愣，而後體諒地點點頭，「哦，我知道你在想什麼。」

「……想什麼？」

夏時初的視線往下飄，「你想說你一點也不小嘛，那我叫你大兄弟啊。」

「我才沒有在想這個！」顧箏差點被他氣瘋，「根本沒有！你別看了！」

恰在此時，陶郁齊正好拎著一籃潛水用品路過，看見他們就打了個招呼：「早。」

夏時初撇下顧箏，回頭笑著回應，便兀自晃悠去尋找其他事情做了。

陶郁齊走到顧箏旁邊，發現這人的臉色有點奇怪，好像有點紅，又好像陰陰沉沉的想打人，他頗爲驚奇，「大清早的，你怎麼了？」

「我眞想把氣瓶舉起來，往他頭上咣的來一下……」顧箏咬牙切齒。

老實人陶郁齊嚴肅道：「那會死人的。」

夏時初從後院進門，路過廚房時，正好遇上了陶老闆。他正愁眉苦臉地將一個餐盤端到流理台，應該是要收拾掉，但盤子裡的餐點很多，看起來似乎根本沒動過。

夏時初與陶老闆對上眼，打了個招呼，好奇問道：「這是……」

陶老闆嘆口氣，猶豫片刻才道：「我女兒啊，這陣子老是關在房間裡不出來，常常連飯也不吃，整個人都瘦了一圈，不知道怎麼回事。我剛剛送早餐給她，她連門都不開……」

夏時初腦中連結到了幾天前夜晚偶遇的陶郁安，「你們有找她好好聊過嗎？」

「我們也想啊，可是一問她就發脾氣，有次追問得緊了些，她突然就哭了，喊著讓我們不要管她。」陶老闆苦笑，「那孩子從小就活潑好動，以前和男孩子打架受傷也沒見她哭過……哭得我們都心疼死了，怎麼敢再問？」

青少年的事情有時可大可小，有可能只是中二叛逆期到了，根本屁事沒有，夏時初本來也沒太放在心上，此時卻聽得微微皺眉，覺得事情可能比他想像的還要嚴重一點。

然而陶老闆似乎不想拿家裡事煩別人，不等夏時初說什麼，便道：「唉，算了，不跟你說這個了，等我下午見到她老師，再找機會問問看好了……」

原來，陶小妹的班級這學期投票決定暑假來這裡班遊，旅宿選擇了陶家，會來三位帶隊老師，加上近二十位學生，三天兩夜，今天午後就會抵達。最近店裡床位吃緊調動，也是爲了接待他們。

直接向老師詢問學生狀況，算是妥當的做法，夏時初點點頭，沒多置喙什麼。

「對了，你忙完了嗎？」陶老闆換了個話題，「有空的話和我去採買點東西？」

夏時初同意了，跟著陶老闆坐上陶家的藍色小卡車。

車子沿著蜿蜒的小路前進，一路顛簸得要命，夏大少爺出門坐慣了豪車，這會兒被顛得直想吐，還好距離並不遠，沒幾分鐘，車子就在一間雜貨店外停下了。

兩人進到店裡，陶老闆零零散散挑揀了一些缺少的日用品，補貨得差不多之後，又走到一櫃油漆前，開始翻著色卡挑色。

他和夏時初解釋：「過兩週是我和小玫結婚三十週年紀念日，最近我打算把整間屋子翻新一遍，重新裝飾一下，再辦個晚會……」

柳小玫就是陶夫人的名字。夏時初點點頭，捧場道：「確實該好好準備準備。」

「還有陶潛的招牌，都褪色了，也要來寫個新的。」

夏時初原本沒怎麼注意店名，這會兒聽他講出來，又想了想木屋與庭院的氛圍與布置，才品出了其中意思，「這店名取得挺別緻。」

他只是隨口一誇，未料陶老闆的反應很大，像是終於找到了知音，「嘿！難得有人一眼就看明白！我那一對兒女啊，還有顧箏那小子，剛開始都沒理解呢。」

夏時初笑了笑，「不是陶淵明的名字嗎？」

「那是你有文化，小顧他們就覺得是『陶家的潛水店』，哪有什麼別緻。真是氣死我了，他們這些學理工的啊，腦中就沒半點浪漫細胞，一點也不像我和小玫……」

從陶老闆不經意的罵罵咧咧中，夏時初得知了顧箏他們念的學校與系所，這學系在二類組中錄取分數不低，可說是國內數一數二的了。他心想：嘖，原來還是個高材生，怪不得總是龜龜毛毛的，特別難搞。

陶老闆不知夏時初的腹誹，難得遇上這麼乖巧又投緣的聽眾，話匣子開了就沒完。

「我跟小玫啊，都喜歡遊山玩水。我們是在武陵農場認識的，那時候是桃花季，我們正好都去那裡賞桃花。」他露出懷念的神色，「你不知道，那一年桃花開得特別壯觀，當時小玫站在桃樹下，正好往我這方向溫溫柔柔地一笑，我就想，不得了了！仙女下凡大概就是這樣了……」

陶先生與柳小姐便在豔如紅霞的桃花林中相遇了，沒有什麼曲折的情結，就那樣樸實簡單地陷入了愛戀。到如今仍三十年如一日地相守，情感不曾被時間消磨，談起對方時，腦中依舊是彼此最美好的模樣。

陶老闆描述得浮誇，讓夏時初有點想笑，卻又對他們亙久不變的長情感到有些佩服，彎了彎嘴角，「眞浪漫啊。」

「浪漫歸浪漫，可惜天公不作美，去了兩天都在下毛毛雨。」陶老闆笑嘆了口氣，「我們後來老是在講，等有空時要再去一次，看看萬里無雲的樣子。但生了郁齊和郁安以後，根本抽不出空閒來，最近這幾年，她身體又有些不大好，便一直沒找到機會……」

大概人到了一定歲數，就特別愛追憶往昔，陶老闆一路閒聊到選好油漆顏色才暫且打住，兩人提著各種雜物與五顏六色的油漆去結帳了。

在收銀台等待時，夏時初瞄見了旁邊架上擺著一些文具，其中有本B4大小的素描簿。他看了幾眼，最後還是伸手拿來了，「我可以買這個嗎？錢我等等轉給你？」

陶老闆爽快地擺擺手，「買買買，小錢而已，轉什麼轉。」

他們提著大包小包的雜貨回到店裡時，班遊的一伙人恰好也剛抵達，正在等員工分配房間給他們。

陶小妹讀的是女校，於是店裡一時充斥著近二十位女高中生，嘰嘰喳喳的，青春洋溢，頗為熱鬧。帶隊的三位老師，一位年輕的女性是班導師，剩下兩位都是男的，一位是體育老師，一位是物理老師。

陶小妹還是躲在房間裡，不曾出現，看來並沒有想要加入班級活動的打算。

陶夫人則正和女班導交談，可能是在詢問陶小妹的在校情況，陶老闆見狀連忙把東西隨便一放，趕過去加入談話了。

夏時初沒想聽別人家事，便沒有靠近。店裡一口氣來了這麼多客人，場面一時亂哄哄的，他隨意張望了下，想看看有沒有需要支援的地方。

這樣一看，夏時初就注意到了角落一位獨自站著的女高中生。

女孩長髮綁成馬尾，帶著粗框眼鏡，書卷氣很重，像個乖乖牌。可能是比較文靜內向的性子，她沒有像其他同學一樣聚成小團體聊天，只是安靜地站在邊緣，目光小心翼翼地梭巡著店內四周，像在找些什麼。

夏時初以為她想找洗手間，或者飲水機之類的，走過去問了句：「需要幫忙嗎？」

女孩好像一直處於神經緊繃的狀態，夏時初突然出聲，嚇了她一跳。不過可能是見夏時初年輕，模樣又生得親和，她猶豫片刻後，遲疑地開口：「那個……我想……郁安她……」

她話說得很小聲，又支支吾吾的，夏時初還沒能聽到完整的一句話，一道男人嗓音便打斷了他們，「班長？」

女孩的反應依然頗大，整個人抖了一下。

夏時初轉頭望去，只見來人是那名物理老師，不知道是不是看女孩臉色不好，所以特地走過來關心。他寬大的手掌在女孩肩膀上按了一下，語氣溫和，「班長怎麼了，不舒服嗎？還是暈船了？」

物理老師看起來約莫四十歲出頭，五官端正、氣質謙和，嘴角帶著溫文爾雅的微笑，是很容易讓人心生好感的面相。然而，不知道是不是錯覺，夏時初一瞬間彷彿在女孩的眼眸中看見了一絲恐懼。

「趙老師……」她囁嚅著喊了聲。場面不知爲何透著一絲詭譎，不等夏時初多問什麼，女孩勉強撐出一個笑，搖搖頭，「沒、沒有，我很好，我沒事。」

女孩語畢就匆匆轉身，融入群體之中，留下趙老師和夏時初站在原地。

趙老師彬彬有禮地衝夏時初點了點頭。

夏時初微微皺了皺眉，終究沒有多問什麼，只是跟著略一點頭，而後便離開去幫忙幹活了。

當晚就寢時間，夏時初推開顧箏房門時，見對方正拿著手機在講電話。

顧箏回頭看他一眼，頓了頓，可能下意識地在想要出房間講，以免吵到旁人休息。

夏時初衝他擺擺手，意思是：你隨意。而後他隨便揀了條毛巾和幾件衣服，又出門去外面公共澡堂洗澡。

大概二十分鐘後，夏時初洗完再回去，顧箏那一通電話還沒講完。

「……這幾天會比較忙，因爲來了一團大團的旅客。」

「就老闆的女兒，她們班剛好來班遊，總共二十幾人呢，明天我要分梯帶她們去浮潛。」

「嗯？對啊，因爲是女校嘛……」

夏時初不可避免地聽了一耳朵，很快得出結論，電話那頭應該是顧箏的女朋友，因爲顧箏說話時總是笑著的，神色看起來特別溫柔。

夏時初心裡沒什麼特別感受，只是漫不經心地想：哦，這人一開始好像就提過自己有女朋友，冤枉他了，原來不是藉口。

「啊？」不知講到什麼，顧箏搔搔頭，「那也沒什麼吧，只是工作而已……」

那頭似乎被戳中什麼點，語調都高了幾分，感覺要到發脾氣的邊緣，顧箏連忙道：

「好，好好，我看有沒有人能替我帶……」

好聲好氣地哄了一陣子，對面才終於停歇，電話掛斷以後，顧箏神情愣愣的，不知怎地看起來挺傻，顯然是有點handle不了小女生變幻莫測的情緒。

夏時初看得有趣，饒有興致道：「大兄弟，我有句話，不知當講不當講。」

顧箏預料到大概不會是什麼好話，先發制人，「那你就別講。」

夏時初一臉遺憾，「哎，行吧。」

這是兩人合住的第一夜，關燈後各自躺上床時，顧箏神情還有些彆扭，話也不想多說，一拽被子，背對著夏時初悶頭睡了。

顧箏並不打鼾，不大的房間裡一時只有他平穩規律的呼吸聲，夏時初在黑暗中凝望著天花板，靜靜地聽著。

兩個人深夜相處一室，卻沒有任何激情的目的，這對夏時初而言實屬罕見。但他此時的心情竟也鑾平靜的，彷彿只是單純有個人存在那裡，便已帶來了某種安定。

夏時初傾聽片刻，終於緩緩閉上眼睛。

可能是房間裡多了個gay的心理作用，顧箏今晚睡得不太熟，深夜他半夢半醒地翻了個身，朦朧目光忽然看見黑暗中似乎有一道人影正居高臨下地挨在他床邊。

顧箏差點被嚇得魂飛魄散，「我靠……你幹麼？」

瞳孔適應黑暗之後，顧箏才勉強看清楚，原來是夏時初正靠在兩張床中間的窗台邊，托腮往窗外看，也不知道在看些什麼。

「……嗯？」夏時初歪頭看他一眼，「吵醒你了？」

其實夏時初並沒有發出動靜，顧箏只是恰好醒來罷了，從驚嚇中回神後，倒也沒發脾氣，只是有點無語，「沒有，你在看什麼，外面有人？」

夏時初好像也不太確定自己看見的是什麼狀況，見顧箏睡眼惺忪的，想了想，「沒事，你接著睡吧，我出去看看。」

木屋外一側陰暗的小角，赫然有兩個人影相對而立，像是在交談，仔細一看，竟是久不露面的陶郁安與那名物理老師。

陶小妹手中還握著手機，似乎是臨時被叫出來的，她嘴唇緊抿，肩膀緊繃，整個人看起來在高度緊張之中。

「郁安，妳很不乖。」趙老師平靜地朝陶小妹伸出一隻手，「這幾天連電話也不接，妳讓老師很傷心。」

他的表情平和，甚至可謂是和顏悅色，陶小妹卻不敢握住那隻手，像是面對什麼洪水猛獸一般，情緒隱隱有些崩潰，顫抖的嗓音透露出一絲哀求，「老師，這是我家，你不能……不能在這裡……」

「怎麼了，怕妳爸爸媽媽發現？」趙老師笑了，「對了，白天我也和他們聊了兩句，妳爸媽很關心妳的狀況。」

陶小妹默然不語。

「其實老師也很關心，老師手上有好多妳的相片。」趙老師一邊說著，一邊湊近，壓低著嗓音微笑道：「還是說，老師把那些都傳給妳爸爸媽媽，讓他們也來看一看，妳在學校都在做些什麼……」

陶小妹臉色驟然刷白。這一刻她似乎別無選擇，只能握住這人的手，乖乖地被對方帶走。

未料，一道帶笑的嗓音突兀地在夜色中響起，「三更半夜，你們在這做什麼有趣的事呢？」

此時夏時初的聲音，對陶小妹而言就跟天籟一樣。

兩人回過頭，只見夏時初就笑咪咪地站在不遠處，「也帶我一個？」

趙老師面色一凝，語氣謹慎，「你是？」

「我是她哥。」夏時初壓根兒懶得和對方自我介紹，隨口回答後衝陶小妹招了招手，「郁安，過來。」

聽見夏時初的話，陶小妹眼眶一酸，匆匆幾步去到夏時初身邊。

夏時初像是不經意地側身，將陶小妹給擋在了身後。他再度看向趙老師，分明唇角帶笑，眸中卻透著一股寒意，「所以說，老師大半夜在這裡想做什麼呢？」

趙老師隱約記得，陶小妹的親哥應該不是長這模樣，不過也不排除可能是親戚，或者鄰家大哥之類的熟人。他自覺剛剛說話聲音壓得很低，也沒提到什麼關鍵字詞，這人應該不至於聽出什麼，況且陶郁安有把柄在他手上，想必也不敢洩露出去。

於是趙老師思忖片刻，輕鬆地笑了笑，「沒什麼，我認床，半夜睡不著就出來走走，恰好和郁安遇上，就隨便聊個幾句罷了……時間不早，我就先回去睡了，你們也早點休息。」

趙老師踩著從容不迫的步伐離開了，背影看起來還挺悠然自得。

陶小妹想著要向夏時初道個謝，然後隨便講幾句話糊弄過去，卻沒想到夏時初張口便說：「就他？」

「什麼？」

「妳之前說在一起的人。」

陶小妹一下子像被踩了尾巴的貓一樣，整個人都炸毛起來，欲蓋彌彰地慌忙否認：「不……不是，我沒有這樣說！」

夏時初接著問：「他說的是什麼照片？」

「沒有，沒什麼……不關你的事……」

「那老師難道還沒結婚嗎？」夏時初又委婉道：「我看見他手上有婚戒。」

陶小妹被問得受不了了，眼眶通紅崩潰地衝著夏時初低吼：「就說了不關你的事！你別問了！」而後轉身跑遠了。

夏時初一個人立在夜色之中，神情若有所思，從口袋緩緩摸出一支菸，點燃抽了起來。吞雲吐霧一會兒，他忽然開口：「高材生，你做賊啊？」

蹲在不遠處草叢後，進退兩難的顧箏被當場抓包。他表情尷尬，終於還是起身走了出來，大概是蹲得太久，他雙腿發麻，整個人灰頭土臉的，頭髮上還沾著草枝。

夏時初好整以暇地看他，「偷聽可不是什麼好習慣。」

「我不是……」顧箏辯駁得有點氣虛，「我就是……奇怪你們半夜在做什麼，後來剩下你們兩個，我又有點……擔心，你們孤男寡女的……」

他解釋得斷斷續續，但夏時初大概能理解，想必是自己出門以後，他輾轉片刻，終究還是因為好奇而跟了上來。他來的時候老師剛離開，現場只剩下夏時初和陶小妹，不確定發生了什麼事，覺得不放心，在暗處猶豫著要不要出面，就不小心聽到太多。

「放心吧，我對女的沒有興趣。」夏時初方才倒是沒有想到孤男寡女這一點，不禁失笑，「你什麼時候來的？都聽見了？」

「我來的時候那老師剛走，你和小妹說的我都聽到了。」

夏時初看他一眼，「你最好裝作不知道，否則她可能會把你滅口。」

其實跟滅口什麼的沒有關係，只不過是顧及到小女孩的體面與自尊罷了，顧箏非常難得地品出了這一點，第一次覺得此人倒也不是表面上那般荒唐不可靠。

顧箏悶悶說了聲好。相識這麼多年的好友妹妹可能被人欺負，他此時心情不太平靜，艱難地問：「所以到底怎麼回事？那老師……都做了什麼啊？」

夏時初呼出一口煙，「細節我也不清楚，不過，有個人可能會知道。」

翌日一早，不等夏時初和顧箏去找那位知情者出來問，那人就主動找上了他們——正是前一日那位欲言又止的乖乖牌班長。

她原本獨自坐在交誼廳一角，可能終於攢足勇氣，下定了決心，見到面熟的夏時初就主動起身，「請問……」

夏時初與顧箏互看一眼，又不動聲色地轉回來，夏時初微笑道：「我記得妳，妳昨天是不是在找郁安？」

「唔……其實，也不是。」班長磕磕絆絆地說：「我主要是想找……她家人，就是，有點學校的事情，想和郁安的家裡人說一下。」

班長原本是想直接找上陶小妹的父母，昨天卻見陶家夫婦似乎與老師們相談甚歡，便又卻步了，怕自己說的話不被相信。

「我們是郁安哥哥的朋友，我和郁安從小就認識。」顧箏上前一步，語氣盡可能地和緩，「她哥哥去帶妳同學浮潛了，現在不在，妳要等他回來，還是直接和我們說？」

現在老師和大部分同學們都出去海邊浮潛或踏浪，只剩下零星幾個身體不適或來生理期的在旅店休息。對班長來說，這是個難得的時機，要是等陶郁齊回來，指不定老師他們也差不多都回來了。

班長的視線在夏時初與顧箏身上游移著，可能是覺得兩人模樣看起來還算誠懇無害，再加上有時間壓力，躊躇片刻，終於做好決定，「大哥哥，我把事情告訴你們，你們再和郁安的家人說一聲好嗎？」

整件事情，得先說到他們班的物理老師。

此人名叫趙展彭，雖說已是中年人，但他面貌還算端正英俊，且幽默風趣，因此挺有學生緣。他還很有教學熱忱，經常利用放學後的時間，給物理不好的學生私下補課，在家長之間口碑也很不錯。

「我物理不好，高一時，趙老師也邀請我去補課。他補課都是一對一，在一間沒人用的小教室。頭幾次沒有怎樣，越來越熟以後，他就開始……漸漸有一些肢體接觸。

「我、我本來也很喜歡老師，最開始他眞的對我很好，總是送很多小禮物，講很多好聽的話……他說他喜歡我，說他的婚姻是媒妁之言，沒有感情，之後要離婚。

「我當時以爲，我們這樣是……是正常交往，所以那時候我一度覺得也沒什麼吧，反正老師那麼好，那麼溫柔……」

班長越說臉色越蒼白，彷彿在回顧一段很可怕的記憶，想全盤托出，卻又感到非常羞恥。

「但最後那一次……補課，我還是……太害怕了，他那麼高大，天色又暗了，都沒有其他人在。他想……脫我衣服，我反悔了，他很生氣，我開始大哭大叫，他怕引來別人，才……才放過我，之後就不找我補課了。」

班長深吸了口氣，強忍住淚意，「我不敢讓我父母知道。我鄰居有個很要好的姊姊，已經畢業兩三年，有一次，我湊巧向她提起趙老師，看到她的反應有點奇怪。

「追問之下才知道，我的事情也發生在姊姊身上過，趙老師的說詞和行爲模式都差不多，姊姊還要更嚴重一些，她和趙老師發生了……關係，還被拍了……拍了那種……相片，還有錄影，他在那間小教室裡放了攝影機。

「他其實早就是慣犯了，可姊姊到現在也不敢揭發，她說趙老師講過，他的岳父是議員，權力很大，就算把事情捅出去，他也不會怎麼樣。」

夏時初和顧箏都沒吭聲，現場瀰漫著壓抑的氣氛。

「我們是女校，可能……對異性都有些好奇，卻又拿捏不好分寸，課堂也沒教我們該怎麼處理這種事情，又害怕丟臉，最後就只能忍下來……誰都不敢說。

「我本來想著，就按照姊姊說的，保持距離，撐到畢業，就好了。但是最近我忽然發現，趙老師似乎……和郁安走得很近。」

夏時初終於沉著語氣插了句：「妳問過陶郁安嗎？」

「我有試著關心她，可是她不願意多說。」班長抿了抿唇，「她是外縣市來的，在我們班……朋友不多，可能是因爲這樣，她防衛心很重，而且我……其實我也不是很擅長和人搭話。」

看得出來，班長性子內向，即便做了很久的心理準備，現在也依然結結巴巴的……或許這也是趙老師故意爲之，總是挑選比較邊緣的、無助的對象下手。

班長最後說道：「不排除是我想多了……反正麻煩你們多留意她，或者讓郁安……堤防一下趙老師。」

事情交代完以後，班長匆匆地走了，像是想將這些陰霾遠遠拋在身後。

班長是出於好心，怕陶郁安會出事，所以才鼓起勇氣說這些，然而夏時初和顧箏知道，已經太遲了，不好的事情恐怕已經發生。

兩人坐在交誼廳角落，一時誰都沒有說話。夏時初像是若有所思的樣子，顧箏則是快要氣瘋了，氣到腦海嗡嗡作響，簡直想直接暴起去海邊揍人，正在努力消化情緒。

夏時初忽然問了句：「他們班遊來玩幾天啊？」

「三天兩夜，」顧箏硬梆梆地回答：「明天下午回去。」

「嗯……」夏時初摸出手機點開，把許謹文從黑名單中放了出來。

「你幹什麼呢？」見夏時初老神在在地滑著手機，顧箏沒忍住開口問：「我們要不要先報警？」

「報警，會不會太便宜他了？面對流氓嘛，自然要用流氓的作法。」夏時初兀自戳著撥號鍵，漫不經心地回答。顧箏還來不及再問什麼，電話接通了，不等那一端發飆，他開門見山地說：「文哥，你幫我查點事情，我有點急。」

許謹文辦事俐落高效，不到兩小時就把查到的資料傳了過來。

趙展彭，四十三歲，在女高中任職物理老師已近二十年，已婚，育有一女，婚姻生活美滿，岳父是一位知名議員。資料看起來挺清白乾淨，唯一一個小汙點是五年前，他曾被一位女學生投訴過性騷擾，只不過最後證據不足，指控沒有成立。

當時那位女學生似乎人緣也不好，在好事記者的匿名採訪中，不明眞相的同學們風向一面倒，一致認爲趙老師不可能是這種人，反而都覺得那女學生怪怪的，孤僻又邊緣，八成是她自己喜歡老師、纏著老師不放，被拒絕了才惱羞成怒，故意出言汙衊。一些學生不以爲然地說：「她本來就是個怪咖，大概是想引人注目吧？眞不要臉。」

趙老師則神情歉疚地表示：「雖然這些指控子虛烏有，但還是我的錯，是我沒有拿捏好距離，沒有發現孩子的心意……」

半年以後，那名女學生自殺了。

她從學校最高的六樓一躍而下，在操場上炸出一朵血花。事情仍然沒有翻盤，可能是被議員壓下，新聞報導力度很小，女學生的父母不知爲何，竟也同意與學校和解，於是此事就這樣不了了之，根本沒有多少人注意到一條鮮活生命的逝去。

夏時初看完資料，單手托腮，一派雲淡風輕的樣子，對著電話說：「找幾個人去輪了他。」

我聽到了什麼？後面的顧筝傻眼。

「你找杜胖子，那傢伙奇奇怪怪的門路特別多，這種刺激的事情他最感興趣……記得跟他說我趕時間。對，酬勞不是問題，今天晚上一定要到……還有，帶台單眼來，單眼畫素更高一點……」

許謹文辦事向來不勞人操心，簡短交代幾句後，夏時初掛掉電話，抬頭便對上顧筝驚疑不定的神情。

「你、你家混黑的啊？」

夏時初被他的反應逗笑，「不是，不過只要有錢、有管道，什麼人請不到？」

顧老實人的價值觀在這兩天徹底被顛覆，一時不知應該要感到大快人心，還是把夏時初這個法外狂徒給一起移送法辦，他有些頭昏腦脹，「萬一他報警呢？」

「報警了，他也查不到是誰，多的是出來頂罪的人，」夏時初淡淡解釋：「給一筆錢，去牢裡蹲個幾年，出來再領一筆尾款，兩邊都皆大歡喜。」

顧箏聽得一時啞口無言。

夏時初看他一眼，「很訝異？這世界就這樣，敗類遍地走，我也不是什麼好人，你要是有意見，也別跟我提，我聽著煩。」

不知怎地，雖然夏時初面上仍帶著一貫的笑意，顧箏卻覺得此時的他眼神中有一種漠然的冷酷，讓人感覺到有些距離。

「我不懂那些，也不是想指責什麼。」半晌，顧箏悶悶地說道：「畢竟這件事情實際上和你沒關係……我只是怕你出事。」

夏時初不由得一怔，這人明明一直看不太慣自己，沒想到還是會說出這樣的話啊。

他失笑，心中的厭煩感被揮散掉一點，安慰了句：「放心吧，我會讓他不敢報警的。」

趙展彭正半躺在沙灘上的躺椅上休息。

他的學生緣確實挺好，玩耍路過的女學生無不笑容滿面地衝他揮手打招呼。他一一含笑回應，一派文質彬彬的學者模樣，鏡片後的視線卻在女孩們的比基尼泳衣上流連。

趙展彭其實是個愛家的男人。他愛老婆，也疼女兒，就是有著不太尋常的性癖，克制不住對未成年少女的慾望。他還爲此上過PUA的課程，深諳一套「泡學」，從篩選目標、言語誘導，一步步到變得離不開他，甚至半推半就地與他發生關係，最後再拍上幾張相片或影片，每個孩子都只能任由他擺布。

這所女校便成了他的天堂，所以他才這樣熱愛著這份工作。

他哼著歌，心情不錯，躺在陽傘下做著各種盤算……陶郁安最近越來越不聽話，這種鄉下來的孩子就是容易不服管教，今天晚上一定要把她叫出來，狠狠地懲罰一番……

班遊行程一路到晚上才結束，解散以後，趙展彭和其他兩位老師暫別，稱自己想去外面隨便晃晃。而後他往旅店後面的小山坡走，去到了幽暗的樹林裡。

他覺得這片樹林不錯，離開城市就是有這種好處，人煙稀少又光線昏暗，不會像市區路上到處都是路燈與監視器，十分方便他爲所欲爲。

他饒有興致地拿出手機發訊息，又點開相簿，精心挑選了幾張相片一起傳過去，這招一向很有效……等不到十分鐘，陶郁安果然乖乖趕來了，狼狽又氣喘吁吁的。

趙展彭笑了，猙獰嘴臉完全顯露了出來。他不打算再忍耐，一邊解著皮帶一邊急切地往陶郁安靠近，「來，過來，讓老師摸摸……」

一股突如其來的巨力將兩人分開，趙展彭被人往後一扯，狠狠地摜在了地上，摔得頭昏眼花，手腳都擦破皮，吃痛的他下意識罵罵咧咧：「媽的，誰啊？搞什麼東西……」

回應他的卻是踹在腰後的一腳，讓他整個人又撲倒在地。

他驚愕抬頭，這才發現幽暗的樹林裡，不知何時出現了四五名高大的壯漢，將他圍了起來，高功率的手電筒強光打在他身上，刺目又令人心生恐懼，「你、你們要做什麼？你們是不是找錯人了？」

爲首的壯漢笑了，語氣陰森，「找的就是你，趙老師。」

一切都發生得太過突然，眼前的畫面暴力又混亂，陶郁安睜大著一雙布滿血絲的眼睛，被定住一樣立在原地。她覺得好冷，全身發抖，她應該要逃離這噩夢一般的現場，卻怎樣都發不出聲音也無法動彈。

直到一隻溫暖的手從後面緩緩伸過來，摀住了她的眼睛，讓她不再看見這些骯髒可怕的畫面，那麼溫暖，又那麼溫柔，令她只一瞬便淚流滿面。

夏時初的聲音穿透黑暗，在她耳畔邊響起，「乖，別看。」

日記三

我喜歡上了不該喜歡的人。

這很稀奇，我一直不懂愛情，甚至對於愛情嗤之以鼻，卻仍因他而心動。

或許在初見時就有預兆，他遇見我最糟糕的時刻，在我最糟糕的時候拉了我一把……愛情總是俗不可耐，而我終究也不能免俗。

但這是一場錯誤，他的性向與我不同，我不該喜歡上他。

我後來時常感到懊悔，如果一切能重來一次就好了。

如果能重來一次，我寧可從來都不曾遇見過他。

# 第五章

如果說，這些年的校園生活讓趙展彭曉得了什麼是天堂，接下來的這一晚，便讓他徹底地了解什麼叫作地獄。

午夜時分，更深處的樹林裡，趙展彭赤身裸體地躺在一灘穢物之中，奄奄一息。他身上沾滿了男人的精液與尿水，下體更是被折騰得慘不忍睹，除此之外身上各處還有許多掙扎時被毆打的痕跡。

一旁草地上散布著各種淫邪玩具與施虐用品，其中一些物件還帶著血，顯然剛剛才被過度使用。

周遭有五六名饜足的男人，一人正在檢查剛剛錄製的影片，一人正拿著單眼相機用各種角度拍照，其他人則渾笑著講些下流的話：「恭喜趙老師啊，守身四十多年，今天終於成功開苞了。」

「嘖嘖嘖，爲人師表的，竟然爽到失禁了？」

「這次的活眞不錯，玩得爽，又有錢拿……」

其中一人撥通了不知道誰的視訊電話，將手機擺到了趙展彭的面前。見趙展彭雙目緊閉，沒什麼反應，便又撿起被扔在一旁地上的皮帶，粗暴地往他光裸的臀部上狠抽了一下，一邊罵道：「別裝死！」

趙展彭嗚咽一聲，終於睜眼。

只見視訊彼端的光線很暗，可能是背光的關係，難以看清對方的面容，只能隱約瞧出一個人形，那人溫溫和和地說：「趙老師，玩得還開心嗎？」

是個青年的嗓音，若不提這些施加下來的暴行，語氣聽起來竟十分客氣有禮。

趙展彭總覺得這聲音隱約有些耳熟，但此時的他精神瀕臨崩潰，已經沒辦法冷靜思考，嘶啞吼道：「你到底誰啊，你知不知道我背後有誰？爲什麼要這樣對我！」

「爲什麼？」青年莞爾，「剛才已經有人翻了你的手機相簿，裡面可以說是罪證確鑿了吧，你還要問我原因啊？」

趙展彭面色發白，他造過的孽太多，一時不能確定對方與哪一位女學生有關，顫抖著張嘴想辯駁。

青年卻擺了擺手，「你不用和我解釋，我不想聽，我就要求一件事情——暑假結束前，你向學校遞辭呈。」

「那是我的工作！不行，我……」

「要是開學後，還讓我在學校看見你，這一晚拍的相片就會貼滿你們學校的公布欄。」青年並不理會他的抗議，輕飄飄地說著，一邊頗覺有趣地笑了，「讓你親愛的學生一起來看看你這模樣，應該也很有意思。」

趙展彭渾身發冷，如墜冰窖，張嘴就想哀求，卻又被青年打斷。

「好了，不說了，你們繼續吧，我就不打擾了。」他帶著笑意的嗓音很好聽，說出來的話語卻猶如惡魔，「趙老師，夜晚還很漫長呢。」

夏時初正坐在旅店後院的矮牆上。視訊掛斷以後，他沒馬上起身進屋，而是托腮坐在原處，神情若有所思。

顧箏站在一旁沉默已久，似乎已經吃驚到神經疲勞，這會兒沒再對夏時初的手段感到驚嚇，只是小心翼翼地開口：「你在想什麼呢？」

「我在想，」夏時初嘆了口氣，唏噓道：「那些人感覺真是器大活好，配給趙展彭，可惜了。」

顧箏臉色變幻了好幾輪，才勉強忍住罵髒話的衝動。靠，就不應該多問他這一句。

夏時初似乎沒注意到他的無語，突然想起什麼，「剛才我和陶小妹聊過，我讓她有空就看書，或者寫寫日記，整理好心情以後，就好好告訴她的父母。這陣子你再注意她一點，眞的不行的話，還是得帶她去做心理諮商。」

「好。」顧箏答應下來，又忍不住問：「寫日記有用嗎？」

他本以爲夏時初有什麼醫學根據，未料這人卻道：「我哪知道有沒有用？反正給點事情做，瞎忙一通，不就沒空拿刀折騰自己了嗎。」

……行吧，也是有點道理。

夏時初伸了個懶腰，「暫時先這樣吧，剩下的我會讓人接著處理，你不用太擔心。」

顧箏沉默了一會兒後，不大自在地道：「這件事情……謝謝你了。」

如果沒有夏時初的話，顧箏一個大直男，根本察覺不出眞相，且他終究不是陶家人，即便知道了，一時也不曉得如何插手幫忙。

「還有，你請那些人……花了多少錢啊？要不然還是我出吧？」

「你倒是眞把她當親妹妹。」夏時初笑了下，「眞令人羨慕啊。」

「羨慕」這個詞用得有些微妙，顧箏愣了愣。

夏時初正經不過兩秒，忽然快狠準地伸手掐了一把他的腹肌，品評道：「嗯，手感不錯。」

顧箏被這一手光明正大的揩油揩得目瞪口呆，一時忘記要閃避，被狠狠摸了個紮實，慢了一秒才連連後退，臉色漲紅，氣急敗壞道：「你幹麼！」

「唉，不是要謝我嗎？」夏時初笑咪咪的，「陶小妹就算了，是你的話，可以以身相許啊。」

啊！煩死了！

✦

這是夏時初打工換宿的第十天。

這一天發生了一樁奇事，聽說趙老師一早被人發現暈倒在旅店後院外不遠處，衣服破爛、全身髒兮兮的，頭髮結塊成一綹一綹，還散發出一種詭異難聞的異味。

其他老師和同學們嚇了一跳，以爲他出什麼意外，連忙想報警或讓他送醫。昏昏沉沉的趙展彭一下子被嚇醒，用帶著血氣的嗓音嘶啞道：「不用……不用報警，我……我自己不小心摔倒而已，沒什麼事情……」

他的臉和手腳上都有些小擦傷，走路一瘸一拐的，沒人攙扶幾乎站不起身，精神狀況似乎也不太好，說話語氣有些神經質的感覺。

大家對他說的「沒事」實在感到懷疑，但因爲本人非常堅持，其他人也不好多問，想想反正他們今天就要打道回府，趙老師可以回家好好休息。

中午退房後，一群人搭上返航的船離開了，於是一場風波雷聲大雨點小，就這樣消匿於無形之中。

今天也正好是陶潛的固定月休日，並且按照慣例，這一晚都會在小屋外的草坪上舉辦烤肉party，所有員工與住客都可以自由參加。

送走這麼一大群團客，老闆和員工們心情都很輕鬆，一整天摩拳擦掌、熱火朝天地準備著晚上的烤肉。

待到當晚，眾人齊聚一堂的時候，夏時初才知道，這家店雖說規模不大，員工數量卻不少，光是約聘的潛水教練就有八九位。除此之外還有許多負責雜務的內勤人員，上上下下加起來有近二十人，且彼此之間關係都很好，像個大家庭。

現場十分熱鬧，設備非常齊全，食材與啤酒準備得很多，旁邊甚至架起了卡拉OK點歌機。

夏時初也是在這天發現，顧筝酒量實在很差，明明只是度數不高的啤酒，一罐下肚就臉紅了。可是他人緣又好，經常在人群中心被圍著勸酒，只得連連討饒。

此時恰好有人拿來一把烏克麗麗，塞到顧筝手中，起鬨著讓他唱歌。顧筝倒也大方，接過來撥了兩下試音，下一秒就真的笑著彈唱起來。

他的嗓音醇厚悅耳，唱著不知名的曲子，曲調活潑輕快，引得眾人跟著他一起笑起來，打起節拍。

夏時初坐在另一邊角落，被他的好歌喉驚豔了一把，不過他唱的歌詞非中文也非英文，一時辨識不出那是什麼語言。

陶老闆在他旁邊烤肉，見到他表情，解釋道：「那是他的母語，他有一半排灣族血統。」

原來如此，人們常說原住民五官深邃、濃眉大眼、性格直率、唱歌好聽，這些特色在顧筝身上倒是一一吻合了。

夏時初又想到什麼，下意識地問：「那他酒量還那麼差？」

「哎，誰說原住民就一定酒量好？」陶老闆拍膝大笑，「你這是刻板印象啊，傳出去要被人批評的。」

夏時初也笑了，點頭認錯。

唱了二三曲後，顧箏的手機響起來了，他暫且停下，低頭看見來電顯示，彎了彎嘴角，旋即放下烏克麗麗，與周遭人道了聲抱歉，起身獨自走到遠去接電話。

陶老闆剛起身去發肉，這會兒烤架邊只有陶郁齊與夏時初兩人。陶郁齊瞥見了顧箏捧著電話走遠的背影，笑道：「那是他曖昧對象，我們系上一個大一的學妹，看起來他們可能要成了吧。」

夏時初百無聊賴地翻動著烤盤上的食材，有一搭沒一搭地和陶郁齊隨意閒聊。

「我們系女生少，很多人單身，不過顧箏待人實誠，一向人緣好，系上好不容易來朵桃花，總是會先往他那邊去……」陶郁齊說到這邊，忽然想到了什麼，對夏時初有些不好意思地說：「就是最近他好像有點不好相處？對你……莫名其妙的，不好意思啊。」

「也不是莫名其妙，」夏時初笑了笑，替顧箏解釋了句：「他恐同吧。」

陶郁齊被他的坦誠弄得一愣，「啊，你是……這樣啊。」

夏時初莞爾，「怎麼了，你也恐同嗎？」

「沒有沒有，我對這些沒什麼想法。」陶郁齊想了想，好像終於理解顧箏最近的反常，委婉地說：「你別怪顧箏，其實他以前不這樣，只是後來……遇到了一點事情。」

夏時初洗耳恭聽，以爲接下來將會聽到一個創傷性質的故事，結果就聽陶郁齊說：「我們大一時有個室友也是同，不知道爲什麼認定了顧箏是同類，對他展開了特別……

猛烈的追求，顧箏也是怕了，才越來越反感。」

「怎麼樣猛烈？」夏時初頗好奇。

陶郁齊嘴唇蠕動了一下，像是想笑，又覺得太缺德，勉強忍住了，「有天我們其他人都不在，他……在顧箏洗澡時，全身赤裸地闖進浴室。」

夏時初有點想笑，但也忍住了，「然後呢？」

「沒有然後了，他們兩個……」陶郁齊語氣還是帶了笑音，「就那樣子，在浴室搏鬥起來了。」

夏時初想像了一下那個畫面，兩個大男人爲了愛與貞操而裸體搏鬥，完全可以想見顧箏當時的崩潰和氣急敗壞……他終於忍不住了，扶額悶笑起來，笑得全身抖動。

「不只有這件事，不過這是最大條的了，那人打不過顧箏，後來就卯起來哭。一個大男人對著他哭得梨花帶雨，罵也罵不停，勸也勸不住，顧箏都快瘋了……他不是歧視什麼的，只是被折騰得怕了，你別怪他。」

夏時初當然不會怪他，或者說他沒心沒肺慣了，本就不會把這種事情放在心上。

「對了，我妹的事情還沒謝謝你，她今天情緒穩定很多，還出房門來和我們聊了幾句。聽顧箏說，是你開導她的。」

陶家人到現在都還不知道具體發生什麼事，更不曉得昨夜那一場風波。陶小妹給自己找了個名目，說是高中讀書壓力太大了，一時緩不過來而已，讓家人不用擔心。

「沒什麼，只是講講話罷了。」夏時初擺擺手，環顧四周沒見到陶小妹，隨口發問：「她在房裡嗎？」

「嗯，她說這邊太熱鬧了，暫時沒那個心情參與。」陶郁齊一邊說，一邊夾了滿滿一盤烤肉，「我送一點過去給她吃。」

陶郁齊走後，夏時初坐在原位，凝望著這片草坪上眾人的嘻笑喧鬧，像是個抽離的旁觀者，一會兒後，起身獨自離開了。

後院矮牆外的沙灘，夜晚時安靜無人，能看見海與繁星，還能聽見浪濤與蟲鳴，這幾天成為夏時初無事常待的地方。他坐在沙灘上抽菸，一會兒後忽然伸手，開始堆沙，但顯然堆得沒什麼水準，只弄出了一個意義不明的低矮圓柱體。

「時初。」一旁傳來一道低沉的男聲，轉頭一看，來人是許謹文，帶著一個厚厚的信封袋走過來。

夏時初抽了最後一口菸，然後將之倒插在了沙堆上面，拍拍手，揚手接過信封，將裡面的東西倒出來——是一疊沖洗出來的相片，還有一張記憶卡。

「這是昨晚的相片，記憶卡裡面是影片。」許謹文立在他身旁，一一解釋：「他手機裡拍的那些東西，我們也已經全部備份。」

「查清楚受害者都有誰，幫她們找幾個律師，接下去處理。」夏時初點點頭，隨手翻著那一疊相片，一邊漫不經心地說：「還有杜胖子那邊，叫他收尾乾淨一點……現在可是法治社會。」

「嗯，就這樣？」

夏時初卻是笑了，笑容溫和平靜，卻又顯得有些涼薄。

「當然不啊。」他用手指點了點手上的信封，「這些相片，寄掛號信，兩份，一份給他老婆，一份給他女兒。」

許謹文很有職業素養，毫無異議地應下了。

夏時初則繼續翻看著手上的相片，一派津津有味的樣子。

許謹文微微蹙眉，手探了過來，按在相片上，擋住那些腥羶火爆的畫面，「別看了，髒眼。」而後不容分說地把相片收走了。

夏時初看著他把東西重新裝回信封裡，不由得覺得好笑，「文哥，你是還把我當作小孩子啊？」

許謹文沒有回答，不知在想些什麼，垂眸看了看那個粗糙的沙堆，沉默片刻後，遲疑道：「你今天……」

一句話沒說完，被手機鈴聲打斷，是許謹文的手機，他摸出來看了眼螢幕，又瞥了眼夏時初，微微側過身接起電話。

「嗯，是。」

「好，我知道了。」

「是，他正在我旁邊……」

夏時初從隻言片語中聽出了些端倪，微微一怔。

就見許謹文轉回身，將手機遞過來了，「夏總找你。」

夏時初有些意外，接過來貼到耳邊，試探地喚了聲：「媽？」

「怎麼回事？」是夏宛君的聲音，一如既往地淡漠而倨傲，「你是單純又出去亂搞，還是在跟我表達抗議？」

她冷漠的語調，讓夏時初眼中原本還有的一點亮光也慢慢黯淡下來，他語氣平平地回答：「沒有。」

「無所謂，這陣子沒有需要你露臉的場合。」夏宛君似乎並不在意到底是怎麼回事，交代工作一般兀自說道：「給你放一個月的假，但是月底前必須回來。我和你說過，周家的家宴辦在這個月底，你必須到場。」

語畢，日理萬機的夏總就這樣逕自掛掉電話。夏時初看著黑掉的螢幕，忽然就覺得有點想笑，或者說，覺得自己有點犯蠢。

許謹文沉默著把手機拿回去，神情有些一言難盡，「夏總只是……一時太忙了，你的禮物已經寄到家裡了。」

他解釋得那麼蒼白又尷尬，讓夏時初眞的笑出來了。他聳聳肩，「你不用安慰我，我知道，每年送來的禮物都是你準備的……其實無關緊要，你根本不用這麼麻煩。」

許謹文陷入一陣長久的沉默，最終沉沉答了句：「……不麻煩。」

氛圍忽然變得有些不清不楚，夏時初一愣，定定看向許謹文。片刻後，他唇角的笑忽然帶了點譏諷，「文哥，都這麼多年了，你這樣子有意思嗎？」

「我……」許謹文張了張嘴，像是有很多話想說，卻又不知從何說起，千言萬語最終揉合出來的還是那句抱歉，「對不起，當年我……」

「不用，千萬不用。」夏時初微笑著打斷，「不用覺得對不起我，我擔待不起。」他身上那種拒人於千里之外的氣質又出現了，雖然笑著，笑意卻不達眼底，拒絕著所有妄圖朝他走近的人。

許謹文被堵得啞口無言。

「好了，總而言之，你聽到了。」夏時初似乎不想繼續這個話題，轉而輕鬆地說：「夏女士放我一個月的假，你不用再催我回去了，安心度假去吧。」

對方話語中趕人的意味挺明顯，許謹文也不好再多說，只得點點頭，低聲道：「好，我會待在酒店那邊，有什麼事就連絡我。」

顧箏的「對象」是他們系上的直屬學妹，兩人是在這學期的直屬家聚遇上的，被旁人起鬨著加了好友，之後經過兩三個月的閒聊與認識，十分自然地越走越近，也漸漸開始會一起出門吃飯、散步。不過他們還沒真的捅破那一層窗紙，目前還在心照不宣的、最美好的曖昧階段。

「學長，你什麼時候才回來呀？」電話裡，學妹的嗓音細細柔柔，聽著就讓人如沐春風，「我朋友暑假都和男朋友出門玩，就你老是不在。」

學妹長相可愛、聲音好聽，性格有些嬌氣，像個小公主，總是需要人哄。

顧箏不自覺地笑了，「我有問過妳要不要一起來啊。」

學妹噘起嘴，半撒嬌半抱怨道：「人家都是去約會、逛街、吃飯、看電影，才不要你那種那麼累的行程，一天到晚流汗。」

確實如此，顧箏這是打工換宿，不全是來玩的，學妹嬌滴滴一弱女子，自然不想在這種盛夏時節做粗活。

顧箏好言好語哄了一陣子，學妹才哼哼兩聲放過他，轉而好奇地問：「你這幾天都做了什麼呀？」

這幾天比較特別的，當然就是和夏時初一起做了一回法外狂徒。雖然顧箏充其量只是幫忙指了個適合犯案的隱蔽地點，外加把把風，但過程也足以令他心驚膽戰……不過這些事情當然不方便告訴學妹。

「也沒什麼，就在店裡幫忙，打打氣瓶、洗洗裝備之類的，沒工作就去海邊玩玩水。」

「海邊啊，有沒有遇到什麼豔遇啊？」學妹故意問道：「你前幾天不是說來了群高中女生嘛，有沒有去看小女生們穿比基尼呀？」

顧箏連忙又是一頓哄：「哎呀，怎麼還在說這個？我不是答應妳讓別人帶隊了嘛，現在她們都已經回去了啦……」

聊完這通充滿少女情懷的電話，顧箏回到烤肉現場時，犯案同伙夏時初已經不在，倒是有一群員工聚在一團，似乎正在傳閱著什麼，不時發出讚嘆聲。

顧箏好奇地走過去，「你們在看什麼？」

「哦，是那新來的小伙子今天畫的圖。」其中一位潛水教練回答他，「深藏不露啊，眞厲害！」

一個本子被遞了過來，顧箏有些訝異地接過，翻開第一頁，裡面已經有三四張作品，都是鉛筆畫的素描，可能是夏時初今天閒暇時所繪。一張是純風景，有海灘和陶家的小屋，另外幾張都含有人物，大部分是潛店的員工，可能在某個時刻偶然入了夏時初的眼，就這樣被畫進去了。

顧箏不懂藝術，卻也看得出來畫工確實很好，就像黑白相片似的，光影強烈，栩栩如生。他對這位沒節操的公子哥總是有點先入爲主的成見，但此時他也不得不承認，這人是有點內涵與才華的。

最後一張是一幅團體圖，裡面包含了所有陶家人，其中也有顧箏，每個人的輪廓神韻都抓得很準，表情也很生動，陶家人的神情都帶笑，眉眼十分溫暖。畫裡就顧箏一人是臭臉，看起來氣噗噗的，夏時初還在他頭頂潦草畫了一隻簡筆的河豚，河豚看起來也很生氣，整隻膨脹了起來。

我也沒有總是對他擺臭臉吧？顧箏有些自我懷疑，也有些無語。

活動已經瀕臨收尾，陶夫人切了水果，端著果盤走出來，看見顧箏就問了句：「你有看見小夏嗎？他離開一陣子了，不曉得去哪裡……」

顧箏把畫本闔上，遞回給潛水教練，一邊心想著：都那麼大一個人了，有什麼好操心？說不定又去哪邊縱慾了吧，哪裡需要人擔憂。

他想想又覺得有點不舒服，小朋友似的告狀道：「阿姨，妳不用擔心他，他那副乖巧的模樣只是裝出來的，內裡烏漆墨黑得很……」

可能是少見顧箏這樣，陶夫人有些驚奇地看他，而後騰出手來巴了他的頭一下，「我看人家是個好孩子，只是和家裡人的關係不太好，你多照顧他一點，別那樣說人家。」

顧箏乖乖挨了一下，一邊覺得陶夫人簡直是通靈了，「妳怎麼知道他和家裡關係不好？」

「你還眞不認識他啊？」陶夫人反而愣了愣，「他上過新聞呀，長得那麼好看，讓人一下子就記住了，他家裡……」

話說一半，陶夫人面有難色，又打住了，「唉，不說了，總之你多照料他一點，大家聚在這裡就是一家人，別讓他感覺格格不入。」

顧箏沒再說什麼，不過神情有些糾結，陶夫人不禁失笑。

「別老對他擺這臉色，莫名其妙啊你？我怎麼就不知道，你這孩子原來還仇富？」陶夫人說罷開始趕他，「去去去，找他回來吃水果。」

顧箏並不仇富，而是恐同，但總不好對長輩解釋這個，只得被趕著出去找人了。

走往後院的路上，顧箏用手機查了新聞。

陶夫人說的沒錯，夏時初確實上過新聞，最近一則還只是幾天前的事情而已，他出席了夏苑五星級酒店的開幕典禮。

夏氏以旅遊育樂產業起家，成立迄今三十餘年，是國內數一數二大的集團，營收極高。顧箏再不愛看新聞，也不會不曉得它的鼎鼎大名。

原來是那個夏氏，他有些吃驚。

除此之外，關於夏家的新聞還有好幾則，絕大多數與公司無關，幾乎都是八卦消息，不停深挖著總裁夏宛君的婚姻。甚至還有一篇報導，寫愛情小說似的，洋洋灑灑整理出了前因後果。

原來，夏時初隨母姓，父親是入贅進來的，在當年是一位不溫不火的小歌星，叫作蘇品晗。

雖說並未大紅大紫，但蘇品晗面貌生得極好，歌曲又大多是自己寫曲填詞，擅長的樂器也多，算是個小才子，久了還是累積了一小眾的歌迷，夏宛君便是其一。

當時他們都還年輕，意外相識，夏宛君因他的相貌及才華而一見傾心，立刻陷入愛河，不顧夏老爺子的反對，與他談起戀愛。

初交往時倒也還好，可日子久了，夏宛君便發現，蘇品晗並不專情，甚至私下和眾多歌迷都常有密切往來。

夏宛君愛得瘋了，不願放手，然而她是豪門千金，心高氣傲，做不到佯裝不知。二人交往三年，衝突越演越烈，幾乎每天都在爭吵，無法好好說上一句話。

就在夏宛君幾乎想要放棄的時候，發現自己懷孕了。

懷孕的事情驚動了夏老爺子。他是個刻板守舊的人，再也無法坐視不管，遂動用人脈插手演藝界，以名聲和成就要脅，逼著蘇品晗和夏宛君結婚了。
夏宛君是獨女，將來要繼承公司，蘇品晗沒什麼家底背景，名氣也不大，因此便入贅夏氏。
然而，兩人婚後也並未就此安定。
蘇品晗是個自由不願受拘束的性子，當時又還年輕，正是藝人最好的年紀，根本不想這麼快定下來。事業苦心經營多年，好不容易將要冒頭，累積出一點人氣，卻又這樣一夕之間葬送了，成為一個沒有地位的人夫，他難免心氣不順，懷有怨懟。
於是他的出軌行為反而越演越烈，甚至經常騙炮一些死忠的年輕歌迷，搞得夏家的花邊新聞沸沸揚揚。
夏宛君則從最初的執著魔瘋，到後來逐漸心死，變得尖銳刻薄。
二人互相憎惡，要麼不相往來，要麼對罵甚至動手，家中成天烏煙瘴氣。
有人評論，說這兩人僵持著不離婚，寧可互相折磨，只是因為彼此都梗著一口氣。蘇品晗不甘心星途被毀，故意留著噁心人，而夏宛君不甘心曾一股腦兒投入的愛情這樣收尾，更不甘心提離婚，讓這敗類分走財產。
夏時初就是這段畸型婚姻中的產物。自打他出生起，這個家便不曾安寧過哪怕是一天。
顧箏花了點時間看完這些文章，表情有些複雜。
他把手機收起來，走出了後院，夏時初就坐在不遠處的沙灘上。顧箏看著對方隻身一人呆坐的背影，不知怎地就從中看出了一點寥落之意。

除此之外，他旁邊的沙地上有個用沙堆成的圓柱體平台，不知道是什麼東西，一支香菸倒插在上面燃燒，上香似的。

顧箏幾步走近，忍不住先問道：「你在進行什麼儀式嗎？」

夏時初看他一眼，似乎有些意外他會找來，不過也沒說什麼，只是伸手比劃了一下，「這是個生日蛋糕。」

顧箏愣了下才反應過來，「今天你生日？」

夏時初微笑道：「對啊，這位高材生，怎麼樣？陪壽星看星星嗎？」

稱呼什麼時候變成了高材生，顧箏自己都有點搞不清楚，但可能是覺得至少比「大兄弟」好上一點，就沒提出什麼異議。他在夏時初身旁跟著坐下，皺著眉問：「生日你怎麼不說？」

見他煞有其事的樣子，夏時初覺得好笑，「說了又怎樣？也沒人幫我過啊。」

顧箏想說怎麼沒有，我們給你過啊……但想想又覺得，夏富二代要什麼沒有，可能也不希罕他們這種市井小民低檔次的慶生，便酸溜溜地開口：「也對，夏大少爺的慶生規模，和我們怎麼能相提並論。」

夏時初愣了愣。

「我不是這個意思。」他難得沒再開玩笑，反而主動解釋了幾句：「我們家不搞慶生，沒人有空，也沒人在意，日子都是祕書在記，禮物都是祕書挑的。」

顧箏一時有點不知道說什麼好。他也是獨生子，老家在台東，從小家庭和樂融融，教育也開明自由，難以想像剛才八卦新聞上的生活。

就聽夏時初又嘆了口氣，忽然道：「眞沒意思啊。」

「什麼事沒意思？」

「人生啊，」夏時初唇邊抿著一個極淺淡的笑，「什麼都很沒意思。」

顧箏聽著對方的厭世發言，忽然覺得，也許這只是一個孤獨又缺愛的人。他雖然恐同，也很煩那些言語調戲，然而經過陶小妹一事以後，他對夏時初的觀感就變得有些複雜。

這人平時總是一副吊兒郎當、對什麼都滿不在乎的模樣，當時卻又那麼果斷俐落地插手幫忙。要說他正直吧，他顯然不算什麼正經人士，但要說他壞吧，他對趙展鵬那樣的人渣又是那麼深惡痛絕、毫不留情。

再加上剛剛得知了夏時初家庭的狀況，顧箏對他已不再有那麼深的惡感，反倒是起了一點好奇與探究，覺得這人除了沒節操了點，性格其實不壞。於是他難得平心靜氣地說道：「怎麼會沒意思，你難道就沒有什麼想做的事情嗎？」

「怎麼沒有？」夏時初再度開啓敗類模式，笑咪咪地看他，「我還挺想跟器大活好的人度過一夜春宵啊，比如說大兄弟你的看起來就很不錯——」

「我說的是！」顧箏被撩著撩著似也漸漸免疫了，沒好氣地打斷，「其他興趣，或者目標夢想之類的。」

見夏時初露出若有所思的表情，顧箏索性雙手枕著頭，向後一倒，隨性地躺平在沙灘上，率先開口：「我以前啊，去過澳洲、德國、紐西蘭……都是打工換宿，沒辦法，窮學生，沒多少積蓄。我最大的夢想是以後還要去冰島，想親眼看一看極光。」

夏時初靜靜聽著，心想他人如其名，就是一只風箏，總想要往外飛，怪不得英文說得那麼好，又覺得他的夢想其實還挺浪漫，不是陶老闆說的那樣，理工腦又欠缺浪漫細胞。

就聽顧箏又興致勃勃地說了下去：「你知道極光是怎麼形成的嗎？很神奇，那其實是太陽風的高能帶電粒子，被地球磁場導引進大氣層，與高層大氣中的原子碰撞，才造成發光現象。一直到最近幾年，研究人員才終於成功在實驗室重現出來……」

好的，我錯了，確實是理工腦。夏時初默默想著。

另一頭，顧箏仰望著星空，兀自叨唸著不知是太陽風還是太陽雨，最後又嘆道：「眞想去看看啊，最好還帶一個滑板。」

夏時初聽到最後一句時笑了一下，「《白日夢冒險王》嗎？」

「對啊，你也看過嗎？我就是看了那部電影才一直想去冰島。可惜我試算了一下，費用實在太貴，還是得出社會工作後才去得起……」說到感興趣處，顧箏就像是個大男孩，眉眼都帶著明朗而期待的光彩。說罷，他歪頭看向夏時初，「該你說了吧。」

夏時初失笑，不懂爲什麼對話會演變成交換夢想，像個小學生一樣。他難得仔細地想了想，「眞要說的話……以前想過要當個畫家吧。」

顧箏想起方才看到的素描本，「我剛剛看到你的作品了，很厲害，你是從小學畫畫嗎？」

夏時初那本子中沒什麼祕密，就只是今天閒來無事時畫的隨筆。剛才有人好奇，他就借出去了，也不知後來傳閱到哪裡，竟連顧箏都瞧見了。

「算是吧，小時候學得可多了。」夏時初細細數來，「珠算、鋼琴、書法、水彩、油畫……」

顧箏聽得目瞪口呆，忽然覺得生於豪門似乎也不太輕鬆，「你們家眞是……呃，積極栽培你啊。」

「不不，你想多了。」夏時初失笑，「純粹只是沒人想顧我，所以乾脆花錢了事，直接把我送到補習班，這樣大家都不用操心。」

顧箏這下眞有些不知如何評論了，「是……是這樣啊。」

「那時候我學來學去，最後只有畫畫還算是眞有點興趣，大學也選了相關的學系，還遇到一些很好的老師……」夏時初說到這裡，自嘲地笑了下，「不過也沒什麼用，反正總歸是要繼承公司的，家裡人只是想讓我拿一張文憑，並不在意我學的是什麼專業，在他們眼裡，這些就是不務正業、旁門左道，一點實際價値也沒有。」

可能是夜幕黑沉，讓人不自覺地就想吐露心聲，夏時初說罷，才覺得自己好像扯得太多了。

「太容易實現的，就不叫夢想了嘛。」顧箏倒是聽得意外認眞，他像是老媽子似的，開始碎碎念：「你現在來我們這裡，也有很多事情可以做，潛水、衝浪什麼的，別成天說那些不正經的，我都可以教你……」

他說著，視線卻沒看夏時初，而是投往夜空，像是想寬慰人，卻又有些靦腆，不好意思對上目光。

夏時初忽然想起相識沒多久時，顧箏曾警告過他，說陶家一家都是單純的好人，讓他別藉此胡作非爲。他在心中笑了笑，想著這人也一樣，單純善良、耿直眞誠，見不得別人的鬱結或難受。

顧好人半放空地望著天空一會兒，忽然抬手指了指，「你看，北極星。」

夏時初跟著抬頭，壓根兒不知道他在指哪顆，看老半天才依稀辨識出，漫天星斗中，似乎有一顆的確比較亮一些。

顧箏又科普道：「北極星距離我們四百光年。我們現在看見的，其實是它四百年前發出的光芒。」

走過四百年光陰，穿越過那麼遙遠又寒冷的距離，才終於能被看見那一時璀璨……

夏時初覺得這聽起來眞寂寞啊，但不想潑人冷水，便只是笑了笑，沒有說出來。

顧箏忽然從地上彈起，「走，帶你去一個祕境。」

所謂祕境，其實就是旅店後面的那座小山坡，再更往樹林深處去，會發現還有一條小徑，不知道通往哪裡，平時沒什麼人在走。

夏大少爺方才沒想太多就答應了，此時在伸手不見五指的漆黑山林中跟著顧箏爬坡，走得跌跌撞撞，一臉厭世。

又一次差點被樹根絆倒時，顧箏回過頭來拉了他一把，打趣他：「夏大少爺，你夜盲啊？」

夏時初也覺得好笑，「不是，是眞的太暗了，你是貓科動物嗎？」

終歸是顧箏要帶他上來的，不能眼睜睜讓人跌死，所以顧箏這一拉就沒有放開，牽著他走。

夏時初專注走路，這回倒沒調侃什麼。

顧箏最開始也沒想太多，只是越握越覺得這手腕眞細，跟他們這些大男人們果然很不一樣……呸！我想什麼呢？顧箏讓自己停止想下去。

好在這段路程並不長，不多時，眼前陡然開朗，兩人走出了樹林，抵達一處空曠的平台。

此處算是個小山崖，視野極佳，向下眺望，可以看見陶家的木屋，還有海景與整片沙灘，乃至於遠方的燈塔和船隻，隔著一片幽深海峽，甚至能望見彼岸高雄港的點點燈光。往上看則全無光害，漫天星斗像是一把鋪開的碎金，整個人彷彿被遼闊的宇宙包裹在其中。

顧箏這才鬆手，走到一個大石頭上坐下，回頭對夏時初一笑，「生日快樂啊。」

夏時初在原地頓住好一會兒，才終於找回反應。他跟著走上前去坐著，半開玩笑地問：「既然你都這樣說了，不送點禮物嗎？」

「啊？你那麼有錢，要什麼不能自己買？我也沒什麼能送的吧……」

「怎麼沒有？」夏時初卻笑說：「我還挺想聽你唱歌的，像剛剛那樣的歌，聽起來很特別。」

聞言，顧箏沒有直接拒絕，只是表情有些古怪，像是遲疑，又有些赧然。片刻後，他竟眞的點點頭，「好吧。」

夏時初驚奇地發現，顧箏對他的容忍度似乎提高許多，好像眞秉持著「壽星最大」的原則，許願都能被滿足，看來是個很堅持儀式感的人。

顧箏在夜色中哼唱了起來。

他的嗓音嘹亮悠遠，帶著一種直入人心的穿透力，少了樂器相伴，卻並不單調，伴著山林間隱約的風聲與回音，反而顯得十分自由豪放。旋律悠揚輕快，婉轉溫柔，恍惚帶著一分若有似無的綿綿情意。

夏時初聽不懂排灣族語，仍因那美好的歌聲而心頭微悸，直到一曲畢了，耳中似有餘音返響繚繞，令他久久無法回神。

「有句歌詞重複許多遍，」半晌，夏時初問道：「表達的是什麼？」

「意思是……」夜色中，無人能看清顧箏的臉有些臊紅，他嘟囔著說：「祝你生日快樂。」

一直到後來，顧箏也從沒和夏時初提過，他其實不大會說族語，漢化較深的年輕族人裡，精通族語的人其實已經不多。他只會一些歌謠而已，是他母親教給他的——全部都是情歌。

顧媽媽說，既然遺傳到好歌喉，讓他以後有了喜歡的女孩子，就唱給對方聽聽。

當時大概誰都意想不到，結果始終沒有哪個女孩子有幸聽見——唯有夏時初。

在那一片星空下，顧箏誤打誤撞地爲他獨唱了一曲排灣情歌。

# 第六章

顧箏睡醒過來時，耳邊似乎還回盪著當年唱過的那首曲子。

此時酒店房裡只有他一個人，應召小姐已經不在，可能是在他睡著以後被氣跑，也可能是又去接下一單了。

顧箏看了眼手機螢幕，時間接近晚上十一點，這一覺睡不到兩小時，他腦海還有點昏沉，但至少已經醒酒了一些。

他呆呆地坐起身，反省著自己到底在幹什麼？坐了一會兒後又覺得身上滿是酒氣，便垂頭喪氣地去浴室洗了澡。

再出來時路過了窗邊，他所在的房間樓層不高，往下看還能將酒店中庭看得清清楚楚，外頭夜色已深，沒什麼動靜。

陰暗中，忽然亮起了一點火光。原來有人坐在中庭角落處的一張長椅上，點起了一支菸。

顧箏覺得那人的身形看起來十分熟悉，揉了揉酸澀的眼睛再仔細一瞧，果然是夏時初。

時隔這麼久，再見到這人抽菸的模樣，顧箏幾乎一時有些恍惚，這個時間點大部分人都回家歇下了，只他獨自一人坐在那裡，背影看著就孤伶伶的。

顧箏忽然就想起來，這個人晚上總是睡不好，若沒有安眠藥，夜晚對他而言，就是一段特別漫長而難熬的時間。

他看著那個背影，心裡升起一點說不清、道不明的難受，也不知是替自己或者替對方難受。

看了一會兒後，他終於還是起身，出了房門下樓。

「唷，夏大少爺，真是好久不見啊。」

夏時初叼著根菸，聞聲轉頭望去，只見來人一身正裝，邊角卻有些皺巴巴的，臉上紅光滿面，神色饜足，正是杜哲彰，明顯才剛幹完什麼不可言說的運動。

「嗯，好久不見，」夏時初點點頭，平淡地打了招呼：「肥仔。」

杜哲彰的笑容一秒破功，「你還沒完了是吧？就跟你說了別老那樣叫我！我哪裡胖了？我這最多算是豐腴，豐腴美你懂不懂……」

認識多年至今，夏時初要麼叫他杜胖子，要麼叫他肥仔，一直沒有變過，也不知道該不該說始終如一。不過豐腴美男子心寬體胖，倒沒有真的生氣，只是罵罵咧咧兩句就揭過了。

「唉，算了，我跟你說不通。」他一屁股在夏時初身旁坐下，轉而開始寒暄：「你也來這裡吃飯？最近過得怎麼樣啊？」

他邊問邊伸出一手，夏時初看也不看就往他手裡遞了根菸，又扔打火機過去，兩人姿態可謂是熟稔。

「唔，還行吧。」

「什麼時候再出來玩啊？大伙常問起你，說夏大少爺神龍見首不見尾，眞是越來越難約囉。」

他們這群富二代喜歡玩的東西五花八門，喝酒、賭博、賽車，有時開派對、有時約酒莊、有時跑聲色場所，三不五時就有各種局，一群紈褲成天不幹人事，能做的事情多得很。

夏時初淡淡笑了笑，「你們玩你們的吧，別管我了。」

「不是吧，你還眞的改走養生路線啦？以後都不約啦？」

面對杜哲彰有些震驚的神情，夏時初只是聳聳肩，「我最近忙，沒那個心情。」

杜哲彰觀察他表情片刻，忽然問：「該不會還是因爲那個姓顧的吧？」

夏時初夾著菸的手一頓。

「要我說啊，那傢伙條件是還不錯，長得帥、體格好，不過也就這樣了，不至於到多稀缺吧。你夏大少爺出面，這種條件的難道還難找？値得你放棄整片森林，在一棵樹上吊死？」杜哲彰自顧自品評起來，見夏時初不吭聲，他恨鐵不成鋼地說：「談貸款那時候我就覺得奇怪，什麼人能讓你夏大少爺親自來拜託我？結果原來又是他！當年我以爲你就是圖一個新鮮，沒想到……」

他想了想，又問：「但他終究還是個直男吧？剛剛我也給他叫了個妞，他這回沒拒絕。嘖嘖嘖，現在說不定還在翻雲覆雨呢。」

夏時初神色一冷，顯然並不想聽到這個，打斷道：「與其說我的事情，還是顧好你自己吧，你兩個小孩都多大了，還打算繼續這樣亂搞下去？」

「哎呀，我有節制啦，不會讓這些事情捅到家裡去。在家裡，我可是位好爸爸呢。」杜哲彰聞言哈哈大笑起來，空著的一手哥倆好地搭住了夏時初的肩膀，整個人沒骨頭似的挨了過來，「不過話說回來，聽你說這話我還眞不習慣，夏聖人眞是和以往不同了哦。」

夏時初覺得此胖子簡直沒救了，正想把人拂開時，目光越過了杜哲彰身後，忽然看見了立在不遠處的顧箏，愣怔一瞬。

杜哲彰察覺了夏時初的沉默，看了看對方，後又順著他目光也瞧見了來人。他有些意外，視線在這二人之間梭巡一會兒，不知想到了什麼，露出了一抹曖昧的笑，拖著誇張的長音，擠眉弄眼，「哦——你們聊、你們聊，我這就不打擾了啊，我們改天再約啊。」而後乾脆地起身，拍拍屁股走了。

現場一時剩下夏時初與顧箏兩人對望，氣氛有些凝滯。

片刻過後，夏時初先開了口：「有事嗎？」

顧箏語氣生硬，「……你和他早就認識。」

這話不是問句，因此夏時初沒有回答。顧箏不知從剛才的畫面與零星聽見的幾句對話中想通了什麼，又繼續道：「先前那一筆融資申請，之所以能順利通過，是因爲你的關係？」

夏時初從來沒有想拿此事來說嘴的意思，當年他輾轉聽聞顧箏創業遭遇的困境，便出面幫了點忙，幾句話的功夫罷了，不算什麼大事，根本沒想讓人知道。若不是杜哲彰方才提起，夏時初自己都快忘了。

即便如此，他也沒料到，顧箏在得知後的反應會是這樣——神情帶著顯而易見的怒氣與厭惡，毫無一絲謝意。

夏時初也不是什麼溫良的性格，面對顧箏一而再、再而三地擺臉色，心裡終究被激起了一點火氣，語帶嘲諷地問：「怎麼了，覺得沒面子？覺得我這樣的人出面幫你說話，讓你很丟臉？」

顧箏抿起唇，腦中亂哄哄的，思緒全被剛才兩人過分親密的畫面所占據，杜哲彰這人私生活放蕩淫亂，男女不忌，他早有耳聞。一腔沉遠的怨憎與妒火在此刻全數翻湧而起，一瞬間燒遍了他的整個肺腑，「他爲什麼答應你？你剛才又和他改天約什麼？」

沒等夏時初反應過來，他又咬牙切齒地一字字接續道：「你也跟他睡過？」

夏時初此刻的感覺就像是被當頭潑了一桶冷水，方才隱約升起的火氣，就這樣被猝不及防澆滅，乃至於整顆心都漸漸失去了溫度。

他不可思議地呆怔片刻，忽然無法遏止地笑了起來，像是聽到什麼特別可笑的事情一樣。笑聲止歇後，他才反問道：「我睡過那麼多人，這有什麼稀奇？而且，我和誰睡過，又跟你有什麼關係？」

他一邊問，一邊按滅了即將燃盡的菸，隨後站起身來，往顧箏走近。距離一下子太過靠近，讓顧箏有些僵硬地立在原地。

夏時初的笑靨猶如摻了蜜的劇毒，甜美卻又殘酷。他歪著頭，貼近了顧箏的耳畔，說情話似的耳語：「高材生，難不成你還對我念念不忘啊？」

顧箏的身上帶著一股酒店沐浴乳的香氣，夏時初聞到了，也聯想到了剛才杜哲彰說過的話，心底升起一股難以克制的焦躁，指甲掐入掌心，帶來一絲疼痛。他覺得，他們大概就是這樣了，要麼老死不相往來，要麼就是針鋒相對、互揭瘡疤，將彼此互相傷害得鮮血淋漓。

顧箏像是被氣到說不出完整的一句話來，「你都已經……你還……」

「你又有什麼差別？」夏時初唇邊帶笑，眼神卻透著冷意，「這個時間點下來找我，不也是在想著那檔子事嗎？怎麼，嫌今晚玩得不夠盡興？」

顧箏愣了下才意識到對方在說什麼，他抿起唇，憋了半晌才憋出一句：「……我沒有。」

「是是是，你沒有，你最正直，你最清高。」夏時初回應得敷衍，退開幾步，像是不想再談下去了，「隨便你，沒有就算了，我走了。」

說罷他轉身便要走，顧箏沒忍住問：「你去哪裡？」

「還能去哪裡？」夏時初回過頭來，笑得惡劣，「不是很了解我嗎？你沒那想法，我當然就去找別人玩囉。我想想，杜經理可能還沒走遠吧……」

顧箏在自己的腦海反應過來前，已經上前一步，死死捉住了對方的手腕。彷彿在這一刻終於放棄了自己所有的驕傲與自尊，承認自己輸得徹底，他雙目發紅，肩膀塌了下去，像是命令又像是懇求，「……不要找別人。」

酒店的房門一被甩上，夏時初就猛地被顧箏按在了門板上，發出了不小的碰撞聲。睽違兩年時光，二人終於重新激烈地、狠狠地糾纏到了一起。與其說是親吻，更像是發狂的啃噬與舔咬，彷彿都憋著一口惡氣，都在互相較勁，這一吻兩人都嘗出了血味，但誰也沒有停下。

對彼此的情意分明都快要滿逸而出，深重而強烈，勾纏成一團亂麻，幾乎不知往何處安放，偏偏卻又隔著一副皮囊，相互看不見眞心，聽不見因爲彼此而劇烈的心跳。

衣衫被急切而粗暴地一件件扯落，胡亂扔了一地，暴露在空氣中的每一塊皮膚都是激動的、亢奮的，像是有一簇火苗點燃燒盡了彼此的理智。

對夏時初而言，這樣的顧箏令他有些陌生。過去這人正直純情、臉皮太薄，曾有過的幾次性事都是夏時初主導得多。

不知是酒精的緣故，又或者是因爲怒氣，今夜的顧箏極具侵略性，且他身形比夏時初精壯太多，以一種全盤壓制的姿態將人禁錮住，竟讓夏時初感到有那麼點可怕。

他被摔在床上，顧箏隨後覆了上來，親吻往下游移，在他的身上混亂地點火，印下諸多痕跡，甚至在他的腿根內側都留下了牙印，最後甚至來到腿間，張口含住了他已然硬挺的慾望。

夏時初頸脖猛然仰起，微微掙扎著，「別……」

他推拒的手卻被一把攥住，掙都掙不開，顧箏變本加厲地吞吐著他的性器。偶爾他吞得很深，用喉嚨擠壓著柱頭，偶爾他將東西吐出來，舌頭舔舐著柱身，或者用舌尖逗弄著頂端的縫隙，甚至鑽入流水的小眼。

夏時初曾經這樣弄過他，眼下他可謂是學以致用，只不過這終究是他第一次用嘴幫人，要說有多技術高超自然不可能，但他如此認眞又仔細，加上夏時初實在沒想到這人竟願意做這樣的事，心理上的刺激感太大，沒一會兒就繳械了。

「哈……啊……」白稠的液體噴濺而出，滴滴答答落在小腹上，夏時初下腹顫慄，雙目失神，嘴唇微張地喘息著。

顧箏卻沒有讓他緩口氣的意思，刮了刮他射出來的東西，轉而開拓著緊閉的後穴。他手指頂入夏時初的身體裡，肆意刮弄、愛撫著柔軟的腸肉，穴口被撐開來，一下一下地被動吞吐著侵入的手指。

顧箏緊緊盯著夏時初似痛苦又似歡愉的神情，難耐地呼出一口氣，他抽出手，直起身來，碩大的性器抵住了微微敞開的小口，往那一處挺入。穴肉纏得很緊，顧箏退出了一些，而後猛地一撞，一下子狠狠地頂到了最深處。

「嗯……」夏時初是眞的許久沒有性生活了，一下子被那樣子的巨物全根沒入，只覺又脹又疼，難以適應，像被一把凶器貫穿，沒忍住悶哼了一聲。

顧箏一頓，像是忽然回神，止住了動作，房間裡一時只聽得見兩人深重的喘息聲。他感受著夏時初緊繃的身形與顫抖的腿根，停住片刻，終於不再賭氣似的沉默，嗓音沙啞而遲疑地問：「……很疼嗎？」

夏時初忽然就覺得，這人眞是老實得無藥可救了。

「沒關係，我說過的吧，」他面色有些蒼白，唇邊卻仍帶笑，雙臂難捨難分地攀了上來，「我耐疼。」

✦

那是在夏時初打工換宿的第十五天。

從他生日那天過後，顧箏眞的帶他玩起很多水上活動。他白天被拎去參加各種高強度運動，到了晚上便沒體力再出去瞎折騰，睡眠品質都罕見地好了許多。

夏時初於是久違地過上了清心寡慾、沒有性生活的日子，感覺自己這輩子就沒有這麼「健康」過。

像今天，潛店客人臨時取消行程，夏時初就跟著大部隊去初體驗了一把潛水。

爲了保育珊瑚生態，下海並不建議塗抹防曬油，偏偏夏時初就是個不耐曬的，分明穿著整套的潛水服，包得緊緊的，卻還是能被曬傷。上岸時，他原本白皙的手背與後頸處都已是通紅一片。

「怎麼樣？」顧箏走在他前面，邊走邊回頭笑著問：「好不好玩？」

他的髮梢濕透，用手率性地往後抓了一把，水珠順著健康的小麥色皮膚滾落，在陽光下顯得神采奕奕、英氣蓬勃，模樣實在很性感，整個人閃閃發光的，看得出是真的很喜歡這項運動。

無奈夏大少爺此時身上背著二十多公斤的負重，實在沒有精氣神欣賞，有氣無力地說：「是挺有趣的……」

「水肺潛水的裝備比較重，我其實比較喜歡自由潛水，感覺更不受拘束。你水性還算不錯，下次也可以來試試……」顧箏卸下裝備，又回過頭來拉他，恰好看見了他後頸的一片紅色，又像老媽子一樣碎碎念：「哎，你也太細皮嫩肉，才潛一支而已就曬成這樣，疼不疼啊？」

夏時初沒有察覺，歪頭也看不見頸後，不甚在意地聳聳肩，「沒事，我挺耐疼的。」

顧箏都比他本人還要在意，皺著眉頭，「等下換好衣服，我拿蘆薈讓你敷一敷吧……」

一行人往岸上走，在後院把裝備擱下，又熱熱鬧鬧地進屋去公共澡堂。

原本夏時初沒想太多，跟著大部隊一起進了更衣室，前面幾位潛水教練先一步脫了衣服，各自選了個蓮蓬頭沖澡。

夏時初眼前忽然赤裸裸的一片肉色，還個個都肩寬腰窄、肌肉結實。他本來也要脫衣，不知想到了什麼，又堪堪停住。

顧箏在他身後，疑惑地看他一眼。

就見夏時初微微湊了過來，用氣音說：「我要硬了。」

……我怎麼就忘了這一樁。顧箏愍了半晌，沒愍住，臉慢慢地漲紅了，也不知是臊的還是氣的。

裡面有個教練還光裸著衝他們喊：「站在那邊幹麼？不趕快洗一洗嗎？」

「他！」顧箏幾乎是用吼的回應，「有點不舒服，先坐一下，等等再洗！」

「啊？不舒服？」那教練聞言有些擔心，又叮嚀了好幾句：「頭暈嗎？會不會是低血糖？那小顧你陪他休息一下好了……」

「……好。」我拜託你別再對著他遛鳥就好。

於是後來等所有人都洗完了，兩人這才進去，一人在大澡堂的最左邊，一人在最右邊，中間隔了十萬八千里遠，洗完穿戴整齊後，才又下樓回到後院，收拾剛才用過的潛水裝備。

顧箏沒忍住罵了句：「你也太荒唐了！」

夏時初一臉無辜，「它自己要硬，我有什麼辦法，不然你跟它溝通溝通啊。」

「我溝通你個大頭……」

「你怎麼老是反應這麼大？」夏時初覺得好笑，再次用狐疑的目光打量他，「你眞的不是……嗎？」

顧箏皺著眉毛，完全沒聽懂，「是什麼？」

行吧，這反應很直男。

「也沒什麼，」夏時初笑了笑，一邊把洗好的防寒衣和蛙鞋掛好，一邊說：「你沒聽過一句話嗎？都說恐同即深櫃。」

「我靠，你少在那邊胡說八道，誰像你這傢伙——」

「小顧？你說什麼呢？」

兩人聞聲回頭，就見陶夫人正好從後門走出來，後面還跟著難得露臉的陶小妹，抱著一盆新炸好的麻花捲，可能正好要來包手工。

她來的時機湊巧，只聽見了最後一句話，覺得顧箏怎麼又對夏時初那般態度，還說髒話，便走上前來，雙手叉腰，「你怎麼又這樣說話？就跟你說了，待人要有禮貌，不可以擺臉色……」

夏時初在陶夫人的背後，衝顧箏露出了一個帶笑的口型，看著像是：嘻嘻。

……媽的，好不爽。顧箏敢怒不敢言。

夏時初轉向一旁，與陶小妹對上了眼，微微點頭，打了個招呼。

見陶夫人正在與顧箏精神訓話，沒有注意這邊，夏時初便衝陶小妹招了招手，等人靠近後，他便放低聲音說：「事情都解決好了，那一晚發生什麼，妳就統統當作不知道就好。」

陶小妹的神情有些複雜，然而她也不傻，沒有過多地追問，只是點點頭，「好。」

「等妳整理好心情，再好好和家裡人說一聲吧，之後也可以去找妳們班班長聊聊，她也挺關心妳的。」說著，夏時初從皮夾摸出一張小紙片，「喏，這張名片給妳，是我認識的一位律師，女的，能力還算不錯，相關的證據我已經全部交給她了，之後的事情她會幫妳，妳隨時都可以聯絡她。」

陶小妹收下名片，用力將之捏在手心裡，半晌才悶悶道：「……那如果我就是不想和家裡人說呢？」

夏時初倒是沒擺出一副大人的姿態教訓她，反而失笑，「隨便妳啊，難不成我還能管妳？」

陶小妹一愣。

「其他細節我也不會問，我只有一句話，別再傷害妳自己了。」夏時初話鋒一轉，用手指隔空點了點她的手臂，「妳有關心妳的家人，還有擔心妳的朋友，不要讓他們難過，控制不住自己的時候，先停下來想想他們，好嗎？」

陶小妹沉默片刻，五味雜陳地說：「你爲什麼……總是什麼都知道啊。」

夏時初還是那樣笑咪咪的，「哎，就說了嘛，我掐指一算，什麼事情不知道……」

陶小妹一時只覺想笑又想哭，這麼久以來，好像終於有人看見並包容了她心中的恐懼、酸楚與自我厭惡，並伸手將她拉了出來。她忍著哽咽道：「謝謝你。」

「不用謝，也不用難過，那不是妳的錯，妳只是遇到錯的人。」夏時初如老父親一般，語重心長，「女孩子呀，要好好珍惜自己。」

「我還以爲……你會教訓我，覺得我很蠢……」

「怎麼會？」夏時初笑了，嘆息似的說：「我可以理解妳。」

陶小妹一怔，好像心神領會了什麼，她來不及多問，陶夫人已經訓話完畢，走回來了，開始支使顧箏和陶小妹，「廚房裡面還有剛起鍋的麻花捲，你們去把它盛到盆裡吧。」

兩人乖乖去了。

走往廚房的路上，顧箏小心地打量著陶小妹。她眉眼間仍有一抹憔悴，不過比起之前，氣色已經算好了許多，可能本質上終究還是剽悍的海島少女，正在從打擊中逐漸振作。

「那個時初哥哥……」走到半路，陶小妹忽然開口：「會在這裡待多久啊？」

陶小妹從小就沒大沒小，叫顧箏都是連名帶姓地叫，此時被那一聲「時初哥哥」驚出一身冷汗，警戒地問：「妳問這做什麼？」

陶小妹頰上浮現一抹紅，倒也挺坦白的，「我覺得他……滿好的。」

顧箏猜測，可能是夏時初幫了她、和她談過心的緣故，以至於她對此人產生了一點依賴與傾慕……此風萬萬不可長，勢必得即刻掐滅那簇火苗。於是他委婉道：「妹啊，妳要是有什麼心事，其實也不一定只能找他。妳看，比如說，怎麼不和我聊聊看呢……」

陶小妹瞥他一眼，「因爲他長得好看，你長得醜。」

這答案顧箏是眞的沒有預料到，「妳認眞的？」

陶小妹挑剔地上下打量他，繼續補刀，「現在女生都喜歡他那樣的，韓系、乾乾淨淨，像鄰家大哥哥，你這種粗曠的風格已經過氣了。」

顧．過氣的男人．箏忍住把這個屁孩爆打一頓的衝動，「……我是說談心事，扯臉做什麼？談心事的話，要看的是內在吧。」

「內在也是啊。」陶小妹難得地笑了一下，笑容中隱約有些落寞，「他能懂我，你又不能。」

## 日記四

林語堂曾這樣描述過孤獨：

此二字拆開，有孩童，有瓜果，有小犬，有蚊蠅，足以撐起一個盛夏傍晚的巷子口，人情味十足。

稚兒擎瓜柳蓬下，細犬逐蝶深巷中。人間繁華多笑語，唯我空餘兩鬢風。

孩童水果貓狗飛蠅當然熱鬧，可都與你無關。

這就叫孤獨。

# 第七章

「阿姨，要不然還是我來就好吧？」陶夫人坐在夏時初斜對面，和他一起裝著麻花捲。夏時初看她一會兒，試探地問：「您不是得多休息嗎？」

「哎呀，你別老聽他們瞎說，」陶夫人忍俊不住，「我就是有點腰疼，小毛病而已，哪有他們說得那麼誇張。」

夏時初這才放心了點，點點頭，「哦，原來是這樣……」

兩人一起分工，那一盆麻花捲沒多久就包好了，夏時初被分到的工作量總是不多，再度無事可幹，就托腮坐在原位，遠遠遙望著大海。

「視野很好吧？我在這裡住了大半輩子，就沒有看膩過這片海。」一旁的陶夫人瞧見了，跟著一起向外眺望，笑道，「可能是它實在太廣闊了，總會讓人覺得，自己那些煩惱其實都是那麼渺小。」

夏時初停頓片刻，緩緩道：「確實如此。」

「你要是喜歡這裡，以後有空了，或者心情不好了，想來隨時都能再來。」

陶夫人總是如此，溫柔寬容，似乎有著能洞悉一切的睿智，言語時常能讓人心間一暖。

「好。」夏時初有些不好意思地笑了笑，真心實意地說：「謝謝。」

「謝什麼呢？相遇就是緣分，聚在這裡大家就是一家人，用不著那麼客氣。」陶夫人伸手摸了摸他的頭，慈愛地說：「我看得出來，你是個好孩子，我們大家也都很喜歡你，開開心心地做你自己就可以了。」

夏時初被摸頭摸得一時愣怔，半晌都說不出話來，險些失態。

好在陶老闆正好在此時走了過來，中止了這段對話。陶老闆和夏時初隨意寒暄了幾句後，在陶夫人身旁坐下，與她討論：「我把整棟房子都重新布置好了，妳看看，有沒有哪邊不滿意？」

「我看都挺好。」陶夫人笑著說：「真要說的話，就是房子的油漆吧，好像太白了一點？」

陶老闆摩挲著下巴，「我也這樣覺得，唉，當時顏色沒選好……」

再兩天後，就是他倆三十週年紀念日，那天整天店休，準備辦一場慶祝晚會。

這幾日以來，整棟小屋由外到內都被整裡過一遍，可謂是煥然一新。就是那白色油漆沒選對，整棟小屋外牆變成了馬桶白，新是很新，但民宿本是古樸田園的風格，現在就少了一點整體感，變得有些突兀。

「我越看越奇怪，還想說要不要換個顏色，重新刷一遍。」

「算了吧，你不累啊你？小事而已，又沒什麼關係。」

「好吧……」

夏時初看著陶家夫婦並肩坐著，一面閒談，一面看海，聊到有趣之處，面上時不時露出幸福的笑意，在這典雅的庭院中，畫面很是溫馨。他旁觀了一會兒，沒多做叨擾，靜悄悄地退開了。

店門口此時又來了客人，是一對年輕夫妻帶著兩個五六歲大的小男孩，一家四口，不住宿，純粹報名活動。顧筝正好在接待他們，說明注意事項並登記資料。

夏時初沒仔細去看，蹓躂著從旁邊路過，恰好顧筝交代到一個段落，瞧見他便喊了一聲：「哎，夏時初，他們四位要浮潛，你幫我帶他們去領裝備，領完去沙灘那邊，會有教練帶他們……」

沒人注意到，「夏時初」三個字喊出口的同時，一家四口中的那位媽媽忽然身形一頓，有些吃驚地抬起頭。

夏時初也在此時回過身來，一下子正好與她對上眼，腳步一凝。

女人看起來三十七八歲，眼角已有些歲月的痕跡，但仍算是貌美，且看得出來是個注重打扮的人，面上畫著精緻的妝容，身穿酒紅色度假風長洋裝與白色細跟涼鞋。除此之外，她右眼眼下並列著兩顆淚痣，更替她整個人增添了一股說不出的韻味。

紅唇、裙子、高跟鞋、眼下的兩顆痣……夏時初像是被什麼給定在了原地，沒有辦法再提步靠近，直到顧筝主動走了過來。

「怎麼了？你臉色好像不太好，哪裡不舒服嗎？」顧筝低聲問他：「還是潛水真的太累了？不然你先去休息吧，我帶他們去就好……」

夏時初的目光從女人身上拔開，移到了顧箏有些擔憂的神情上。浮潛的個人裝備較少且輕便，只有面鏡與救生衣，最多再加上水母衣與防滑鞋，挑揀起來很簡單。顧箏總是如此，把輕鬆不累人的事情交給別人，自己則去把那些比較粗重的活幹完。

「……沒有，沒怎麼樣。」夏時初對著他笑了下，「我帶他們去吧。」

夏時初帶著四人去到了庭院。

一路上，女人明顯顧忌著什麼，下頷線有些緊繃，也不太說話，一副和夏時初並不認識的樣子。倒是她的丈夫與兩個小孩都挺活潑開朗，熱情地與夏時初閒聊了好幾句。

一一選好尺寸合適的裝備後，一家人去更衣間換上泳裝，又走出來，開始往身上套救生衣。因爲對這些裝備不熟，幾個人穿得歪歪斜斜、手忙腳亂，看了看彼此後沒忍住哈哈笑出來，開始互相幫助著重穿，一時間庭院充滿著歡聲笑語，氛圍和樂融融。

夏時初盤著手，靠在一旁牆邊，靜靜地望著這一家四口。

你看，大家都過得那麼幸福啊。他心想。

當年那些醜惡的、卑劣的、面目可憎的人們……都像個沒事人一樣，高高興興地、毫無心理負擔地向前走了——只有他被困在了原地。

那時候的他太小了，做不了什麼，但是現在呢？現在他能做的事情就多了，畢竟，感情是那麼禁不起考驗……那麼容易被摧毀的東西。

他看著那對恩愛的夫妻，有些出神地想著，她虧欠的，總該要還回來吧？

「哥哥！」小男孩的喊聲打斷了夏時初的思考，只見男孩捧著他的防滑鞋朝夏時初跑過來，高高舉起來給他看，哈哈笑著說：「哥哥，這雙鞋子破洞啦！」

女人循著聲音看過來，面上的笑容收斂了些，又開始隱隱露出一絲緊張與忌憚。

夏時初垂眸望向小男孩，對方可能正好在換牙時期，笑得露出缺了門牙的豁口，看起來單純又無憂無慮。

夏時初頓住了好半晌。最終，他只是微微彎下腰來，接過鞋子，溫和地微笑，「嗯，我給你換一雙。」

「謝謝哥哥！」

所有裝備準備齊全以後，夏時初將四人送去沙灘，交給教練接手，隨後很快地轉身離開。

✦

顧箏發現夏時初今天好像精神不太好，整個人都有點懨懨的，連那些日常調戲的話都少了好多，讓他有點不太適應。

晚上臨睡前，顧箏本想關心一下他，不過手機恰好響了起來，是學妹打來的，便暫時把這事擱下，先接電話。

於是半躺在床上滑手機的夏時初，就旁聽了一整段意義不明的降智對話。

學妹今日情緒好像特別火爆，對話前半段倒是還好，就是日常閒聊與交流近況，然而中間不知道哪句話戳到她什麼點，忽然又發了一頓脾氣，顧箏再度開啓手忙腳亂的哄人模式。

夏時初隱約聽見電話那頭不開心地抱怨：「……生理期來……第二天，很不舒服……你還……」

顧箏這麼個粗神經的大直男，聽到生理期根本不知道怎麼反應，夏時初彷彿都能看見他頭頂緩緩浮起的問號。

顧箏搔搔頭，試探地說：「呃，那妳……多喝熱水？」

夏時初聽得一臉麻木，心想：天啊，他認眞的嗎？還是存心想吵架？

果然，學妹似乎被這毫無建設性的提議搞得更加火大了，沒再講幾句就氣呼呼地掛斷了電話，徒留顧箏一臉無措地看著暗下來的手機螢幕。

一片安靜中，夏時初忽然開口：「大兄弟，我有句話，不知當講不當講。」

這話很有既視感，顧箏扭頭看他，再次先發制人，「那你就別講。」

「她是不是有公主病啊？」

「我不是讓你別講嗎？」顧箏也很鬱悶。

理工類學系裡本就男多女少，學妹相貌又還算不錯，一入學就被追捧得跟小公主一樣，性格難免有些任性刁蠻。但顧箏覺得沒什麼關係，在他的認知裡，女孩子嘛，就是拿來哄拿來寵的，只不過少女心思實在是太過纖細、太過不可預測，一句話總是要拐十八個彎，想表達的根本不是字面上的意思，對他來說簡直是地獄等級的難度。

看顧箏在那邊抓耳撓腮地發訊息挽救，夏時初嘆了口氣，「幫她叫個外送，隨便叫一些熱的、甜的東西。」

「哦……哦，好。」顧箏一愣，忙點開外送軟體，看見選項繁多的餐點又陷入遲疑，虛心求教：「我點什麼比較適合啊？」

「生理期嘛。」夏時初伸了個懶腰，隨便列舉：「點個黑糖或巧克力口味的東西，或者紅豆紫米粥之類的。」

「靠，你一個gay怎麼比我還清楚這些？」

「靠，你還有臉說？」夏時初學他語氣，「呵，你們這些垃圾直男，永遠分不清每支口紅色號的差別……」

顧箏被說得有點不好意思，「我……我這不是接觸太少嘛，我家裡也沒有姊姊或妹妹……」

夏時初語氣溫柔：「那你很棒棒喔。」

顧箏一頓操作猛如虎，總算在半小時後讓學妹拿到了外送上門的熱甜湯，學妹有些驚喜，大發慈悲地回了訊息，這件事終於平安落幕。

顧箏白天幹了很多體力活，搞定這些之後也累了，已經完全忘記自己剛剛還想要關心夏時初，只是睡眼惺忪地和他道了聲謝。

夏時初應了一聲充作回答，沒有多說什麼。

熄燈後，顧箏打了個哈欠，往床上一倒，很快睡下了。

夏時初在黑暗中凝望著熟悉的天花板，許久以後，才終於緩緩閉眼。

偌大的宅邸裡沒有點燈，漆黑又陰森，九歲的男孩獨自走在過道裡，往唯一一間發出微光的房間靠近。

房間的門扉半掩，男孩來到門前，從門縫往裡面看進去。地面上凌亂散落著很多東西，衣服、裙子、手提包、翻倒的高跟鞋……男孩視線跟著地上的物品前進，看見了大床上赤裸糾纏在一起的兩道人影。

男人背對著門口，一位年輕女人坐在他身上，身體上上下下起伏著，她姣好的面容上畫著豔麗的濃妝，右眼下並列著兩顆小痣，媚眼如絲，身材火辣，正在笑著和男人說話。

「你們家這麼大，平時都沒人在啊？你兒子呢？」

「誰知道，去補習班了吧。」

「這間是你們主臥室？」

「嗯。」

「哈哈，你老婆知道你總是在你們床上操別的女人嗎？」

「嗤，誰管那瘋女人啊。」

「她……嗯……啊、好棒……」

豔紅如血的雙唇不時溢出放浪的嬌喊與呻吟，兩個人都大汗淋漓的，在彼此身上熱情發洩著原始的獸慾。

男孩怔住了，他指尖冰涼，僵立在原處，動彈不得。九歲是個不太湊巧的年紀，已經足夠懂事，能看明白發生了什麼，卻又還不夠成熟，無法豁達勇敢地面對這一切。

其實那女人也很年輕，至多二十歲上下，可能只是大學生。她正對著門口，忽然看見門縫後的小孩子，卻渾然不在意，反而饒有興致地看著他笑了，紅唇彎起一個惡劣扭曲的笑容，她的雙腿勾纏上來，在男人的腰後交疊在一起，赤裸又修長，像蜘蛛一樣。

「哈……好舒服……快點，別停……」

男孩忽然好想吐。他踉蹌後退了幾步，雙手摀著耳朵，冷汗涔涔地跪倒在地上乾嘔，濕潤黏稠的水聲、女性的嬌喘聲、肉體規律的碰撞聲……各種淫亂放蕩的聲響穿透他指縫，滿懷惡意地鑽入了他的耳裡。

之後響起的，是夏宛君的尖叫與哭泣聲，有什麼東西一個接著一個被摔碎了，發出刺耳又駭人的巨響。

眼前的畫面變得混亂而破碎，男孩想要離開，撐起小小的身子跌跌撞撞地往外走，卻被一扇大門阻擋。高聳巨大的門看不清邊界，任憑男孩如何敲打、使勁都無法推開，將他困在了這幢黑暗又扭曲的大房子裡。

腳下傳來啪嚓一聲，冰涼的地面像玻璃一樣開始龜裂，毛茸茸的蜘蛛從裂縫中鑽出，一隻接著一隻，黑壓壓地、密密麻麻地攀爬了上來，將他整個人埋沒其中。

轟隆一聲，地面碎裂，夏時初往下墜落。

✦

顧箏早上睡醒時，發現隔壁床位空蕩蕩的，夏時初已經不在了。他一覺醒來神清氣爽，終於想起來夏時初昨天臉色好像不太對勁，現在又忽然不見人影，不免留了點心，起床盥洗後就準備先去找人。

他一邊下樓，一邊忽然想到，對比剛認識的那時候，自己對他的態度和觀感還真是轉變了許多，現在捫心自問，他其實並不討厭這個人。

就算夏時初是個沒節操的gay，這些天下來，對方並未幹什麼出格的事情。而且，撇開那些不提，他這人挺好相處，性格隨和、不愛生氣，沒有那些富豪子弟眼高於頂的毛病。

除此之外，他懂得很多，遇到事情總是很有辦法，不只是陶小妹的事，他在陶潛也隨手幫了很多忙。

譬如近幾天，他閒暇時就隨機給來訪客人畫六十秒速寫，畫得快速又傳神，收到許多良好的回饋。還有，陶潛原本沒有比較系統性的管理，一切紀錄全靠手工，常常忙中出錯，夏時初就幫老闆電腦安裝了床位登記與人流預測軟體——不曉得是不是從夏苑酒店那邊偷渡過來的，總之十分便利好用，陶潛終於從紙本作業升級電子化。

夏時初畢竟已經出社會，人生經歷比顧箏長一些，見識得多，人脈又廣。顧箏對創業有興趣，也有很多問題，夏時初有時便會教他一些基本的流程與撇步，例如怎麼借信貸、怎麼分析市場現況、怎麼登記公司。

偶爾也會閒聊到一些有意思的事，例如哪位富豪的祕聞豔史、哪間公司周轉不靈老闆正準備跑路、近期哪支股票可能會漲會跌等等。

與之相對的，顧箏則常常拉他出來玩耍，兩人這些日子經常一起去潛水、衝浪、玩水上摩托車，甚至打打沙灘排球。雖然夏時初常常累到一臉厭世，不過過程中他們都還是玩得滿開心的。

無視那些日常調戲，顧箏發覺，自己其實也能這樣不帶偏見地欣賞對方的才情、欣賞他這個人本身。他們也能像尋常的朋友一樣相交，甚至聊得還算投緣、相處得挺融洽。

下了樓，顧箏從後門出去，從庭院往外看，果然見到夏時初又在矮牆外的老位置上，自己一個人待著，蹲在沙灘上，不知道在低頭搗鼓著什麼。

顧箏走過去一瞧，發現這傢伙正在撿貝殼，然後擺陣一樣，用各種奇形怪狀的貝殼把一隻寄居蟹給團團包圍起來。

「你幹麼呢？不要玩寄居蟹啊。」

夏時初歪頭往上看他一眼，從顧箏的角度看起來，模樣竟還有點可愛。然後他又低頭回去，語氣懶洋洋的，「哦，我看牠好像在換殼，我揀多一點讓牠選。」

顧箏怔了下，一時都不知該如何評價。這人平日裡總是一副漫不經心、沒心沒肺的模樣，有時候卻好像又會透露出一種近乎孩子氣的善意，「你還……挺好心？」

夏時初笑咪咪的，「過獎。」

不知道是因爲沒睡飽，又或者有別的緣故，此時他雖然是笑著，臉色卻不是很好，看起來蒼白又疲倦。

顧箏站在旁邊，低頭看他片刻，忍不住問：「你都這麼早起嗎？」

夏時初委婉回答：「嗯……我晚上比較難睡。」

意思是並非他醒得早，而是晚上根本沒睡好。

「你認床啊？」顧箏以爲是環境問題，表情有些凝重，「……難道我會打呼？」

夏時初笑了，搖搖頭，「我本來就這樣，老毛病了，只是這次忘了把安眠藥帶過來。」

「還得吃安眠藥啊……」顧箏對睡眠障礙沒多少了解，但總覺得可能是心思重的人才會比較容易有這種問題。一整夜獨自睜眼到天明，光想像就覺得痛苦，於是他搔搔頭，試著找出解決辦法，「還是說……還是說，你不夠累？今天運動更久一點，累到極致以後，你說不定也可以一沾床就睡著？」

夏時初露出思考的表情，「那應該是昏迷了吧？」

顧箏選擇無視他的吐槽，轉頭往遠處望了望，見海岸邊有幾艘小遊艇要出航，便往那邊小跑幾步，揮手高聲喊：「欸——還有沒有位子啊？再帶兩個行不行！」

船不是陶家的，而是隔壁同行的，船上載的是清晨第一梯船潛客人。都是左鄰右舍，互相蹭船出海玩是常見的事，船上員工和教練們也認識顧箏，熱情地喊回來：「可以啊！快過來！」

「好！馬上！」夏時初就看著顧箏興沖沖地又跑回來，要拉他站起來，「走走，我帶你去船潛！船潛你還沒試過吧？」

夏時初一副精氣神不足的模樣，一臉意興闌珊，不想起身，「唉，一大清早的，幹麼又那麼劇烈……」

「說什麼呢，多運動有益身體健康，還能促進腦內啡分泌，你今天潛它個八支，晚上鐵定特好睡。」

夏時初有點荒謬地笑了下，「唷，你管得還挺寬？」

「就是這麼寬，快點，快起來，船潛眞的很好玩。」

「那麼好玩你就自己去啊。」

「哎，別囉嗦這麼多啦。」顧箏一邊回頭看了看船要走了沒，一邊說：「好東西要跟好朋友分享啊。」

「好朋友」這個詞著實讓夏時初有些意外，他一時呆愣，終於被拉著起身。

清晨溫柔的陽光下，兩個人推推搡搡地跨越過沙灘，去到岸邊上了船，小遊艇載著十幾人，熱熱鬧鬧地鳴笛出港。

八支當然是開玩笑，以夏時初的入門等級來說，一天潛個兩三支氣瓶就差不多是極限了。

顧箏在船上和船員們協商，借來了兩套裝備，還順帶被投餵了一堆早餐。

夏時初換好衣服後，從船上的小隔間走出來，就見顧箏捧了一堆吃的，兩手都快要拿不下。一旁船員樂呵呵地還要塞給他，顧箏連忙推拒：「夠了夠了！我們吃不了那麼多啦！」

這傢伙人緣還眞的是挺好，走到哪都人見人愛，花見花開。夏時初有些好笑地心想。

顧箏回到座位上坐下，見到夏時初就衝他招招手，遞了個包子過來，「喏，船開過去大概還要二十幾分鐘，先吃點東西墊墊肚子。」

兩人肩並肩坐在船艙裡，混在人群之中，像個普通遊客一樣。

一邊吃著早餐，顧箏一邊跟夏時初做行前說明，「船潛能去到更遠更深的潛點，可以看見更多不一樣的生態。等一下下去後，我會拉著你，之後我們就跟著教練走，他們今天出來的教練多，我已經跟他們講好了……」

夏時初一邊啃包子，一邊順著顧箏比劃的方向看過去。就見船艙外的確有不少教練與員工在甲板上走來走去忙碌著，可能是因爲天熱又搬重物，他們多數人防寒衣只穿好了下半，上半身還是赤裸的，大概是等下下海前才要把上身穿起來。

他們身材精壯，肌肉結實，又流了點汗，在太陽照耀下顯得油亮油亮的，夏時初看著來來去去的猛男胸肌，舔了下嘴唇，「眞鹹濕。」

顧箏手上還拿著早餐，只能用手肘撞他，「喂，你別亂看啊。」

「哦，我是說海水。」

「我信你才有鬼……」

兩人一路上嘀嘀咕咕地壓低聲音講話，看在旁人眼裡好像感情還挺好。

二十分鐘後，船停在一望無際的海中央，船員拋下船錨，教練開始帶著遊客背上氣瓶，人們三三兩兩地跳下海。

顧箏和夏時初也出了船艙，在船邊穿戴裝備，確認夏時初沒有問題之後，顧箏先一步下水。他下去的姿態俐落又率性，背朝外地坐在船緣上，直接後仰一翻，噗通一下就落入海中，像回家一樣自在。

這艘船的甲板到海平面大概有接近兩公尺的高度差，還搖搖晃晃的，不時有浪濤打上來，夏時初第一次跳海，見狀難免有點遲疑。

海中的顧箏抹了把臉，回過頭來，可能是難得見到夏時初有所顧忌的模樣，他笑了，向上大喊道：「別怕！我在下面，不管怎樣，我會拉住你！」

夏時初微微一怔，目光不自覺地落到了顧箏身上。

可能是這個人帶來的安全感太足夠了，他凝望著對方，終於不再猶豫，向前大跨一步，一陣失重感襲來，他落入了海中。

嘩啦啦的破水聲衝入耳裡，細碎的銀色泡泡紛亂地掠過視野，向上浮去，一隻有力的手臂伸了過來，緊緊抓住了夏時初。兩人從海面上探出頭來，隨著浪濤浮浮沉沉，彼此四目相對。

顧箏打量夏時初片刻，見人沒什麼事，便又笑了，笑容在陽光下顯得耀眼而敞亮，「刺激吧？跟你說，這會跳上癮的……」

夏時初凝視著他的笑顏，感受著這人握在自己手臂上的力度，堅定又平穩，好像無論他怎麼墜落，這人都能夠理所當然地、游刃有餘地將他穩穩拉住。

一下又一下的波濤聲中，他恍然聽見自己心臟怦怦跳動的聲響，一時竟不知是因爲剛從高處跳下，又或者是什麼別的緣故。

不。

夏時初跟著笑了一下，隨後很快撇開頭，不再去看他。

不要……去期待不屬於你的東西。

# 第八章

當天晚上，和學妹講完例行性電話之後，顧箏發現夏時初還沒回房。

這和他預測的不一樣，夏時初昨天就沒睡好，今天又被他拉著瘋玩了好幾回，再怎麼難睡的人，現在也該睏了吧。

顧箏往窗外探頭看，發現漆黑的戶外亮著一點火光，似乎有人正在外頭抽菸。他出了房門，決定下樓去看看，走出小屋，轉過個拐角，果然就見到夏時初的身影。

他正坐在小屋旁的草坪上抽菸，若有所思地端詳著小屋被粉刷成馬桶白的牆面。

顧箏手插著口袋走過去，「這麼晚了，你還不休息嗎？」

夏時初瞥他一眼，把菸按滅了，站起身來拍拍手，「才十一點多，不晚吧。」

「你今天幹了這麼多事，不累嗎？沒有一點點想睡嗎？」

「累，特累。」夏時初呵呵笑了一聲，「累得我下午一個沒撐住，睡了三四個小時的午覺，現在精神特別好。」

……好吧，看來是操作過猛，物極必反了。

顧箏聽得有點不好意思，看著夏時初走去牆角，在堆放雜物的大鐵架中翻找東西，

「你要做什麼嗎？」

「老闆他們嫌這牆太白。」夏時初翻出了好幾桶用剩的油漆與噴槍，「我在想，是不是可以在上面添一點什麼，也當作是……他們紀念日的禮物。」

「你想在上面畫點東西嗎？」顧箏聽懂了他的意思，覺得還挺有心意的，點頭表示支持，「行啊，阿姨他們看到一定會很驚喜。」

小屋外圍只有幾盞地燈，光線昏暗，顧箏特地去拿了盞照明燈過來，替他打光。

「你不睡啊？」夏時初把顏料和工具提來，又把梯子架好，「這牆這麼寬，我可能得花上一整晚。」

「你不也是不睡。」

「我習慣了。」夏時初笑了一下，「睡了總是作夢，夢到的都不是什麼開心的事情。」

顧箏看他一臉習以為常，又想像了一下他自己在這裡忙碌的畫面，覺得實在有些淒涼，「沒關係，我幫你吧，這樣比較快。反正明天店休，不用上班。」

於是兩人就在夜色裡開始動工。

整面牆的面積太大，光線又暗，顧箏一時看不出這人想畫的是什麼，只是站在梯子旁，盡責地遞東西、換顏料。但他終究作息太過健康，凌晨兩三點時就開始支撐不住，昏昏欲睡。

夏時初看得好笑，趕顧箏去睡，他固執地說不要，只是去一旁草地上小盹，片刻後醒來，又繼續幫忙，如此反覆。

又幾個小時過去，夏時初應是步入了收尾階段，不再一直換顏色，且天光隱約漸亮，也不大需要打燈了。

顧箏整個人渾渾噩噩的，最後還是睡著了。

再醒來時已是黎明，顧箏惺松睜眼，入目就是一整片豔麗炫目的桃紅色。他瞪大眼睛，睡意頓時消散了，驚嘆著站起身。

夏時初已經完工，隨意地坐在梯子上晃悠著腿。他身上沾滿顏料，迎著晨光回頭看他，笑著問了句：「醒了？」

他竟是在這幢小屋的牆上，畫上一整片壯麗連綿、幾可亂眞的桃花林。

顧箏事後回頭去想，早在最一開始，當他覺得這個人好看、因爲這個人而感到不自在的時候，其實就應該要有所警覺。

晨曦的微光中，夏時初在一片豔紅桃花中回首望來的那一眼，閃閃發光、明亮耀眼，幾乎讓顧箏的心臟登時就多跳了一拍。

嗯？他猛然甩甩頭，試圖甩去心頭那一分怪異的悸動，讓自己清醒一點，將注意力放在那一面牆上。

「你眞……厲害。」他喃喃道：「這也太漂亮了。」

夏時初從梯子上跳下來，神色有些疲累，不過心情看起來不錯，像是久違地完成了一幅滿意的作品，因此感到愉快又輕鬆。他歪頭看了看顧箏驚嘆的神情，噗哧一笑，「這麼誇張嗎？」

顧箏搔搔頭，誠實道：「哎，我也不懂這個，就是覺得，你以後不走這條路，眞是可惜了。」

畢竟時間有限，他本以爲夏時初大概會畫一些簡單的文字或插圖，反正陶阿姨他們隨和又容易滿足，只要有心意，看到什麼都會很高興。沒想到這人一出手就不得了，整面牆像是眞的成爲了他的畫布，只一夜功夫，竟是創造出了這樣一幅盛大的畫作。

「嗯？你們都這麼早起啊……哇！」陶老闆牽著大金毛路過，順勢看到了牆面，反應極大地叫了一聲，而後直接扭頭往回跑，一邊驚喜狂喊：「老婆！老婆！妳快出來看……」

夏時初因他浮誇的反應而驚住，顧箏也覺得好笑，「看，我就說他們會很高興的。」

確實很高興，後來陶老闆帶著陶夫人過來，二人都笑得合不攏嘴，後面還跟來了幾位循聲而至的教練與員工，每個人都驚嘆連連，逮著夏時初好一頓誇，誇得他尷尬得要命。這一整天，一直到晚上的晚會開始，這件事一直被眾人掛在嘴邊，說個沒完。

「來，我們乾一杯！」晚會時，陶老闆興致很高，喝得有些上頭。他一邊給夏時初倒滿酒，一邊有些口齒不清地說：「謝謝你啊！你們學過藝術的就是厲害！我跟小玫心心念念了好久的桃花，這下不用大老遠跑去看了，我看你畫的比實際風景都還要漂亮！

以後我們就擺兩張椅子在這邊，天天坐著看！」

夏時初跟他碰了杯，失笑道：「不用謝，眞的沒有那麼誇張……」

夏時初酒量很好，陶老闆愛喝又喝不過他，沒幾下就被放倒，被陶夫人笑罵著扶回屋裡了。

另一邊，好人緣的顧箏依然是被圍攻的對象，且今天沒有烏克麗麗來救場。

夏時初看他一杯下肚就頭暈臉紅，覺得有點好笑又有點可憐，「別鬧他了，我來替他喝吧。」

這些員工與教練就是純粹喜歡熱鬧，並沒有限定對象，聞言就轉移了目標，圍著夏時初起鬨，後又驚奇地發現這人竟是海量，就更來勁了，一整晚誓要讓他喝趴下——然後全軍覆沒。

逃過一劫的顧箏無語環顧遍地死屍，心想究竟爲何要這般互相傷害？

不過王者夏時初的狀態也不怎麼好，可能是圍攻的人實在太多，也可能是連續幾晚都沒怎麼睡的關係，他單手撐頭坐著，雙眼已經闔上。

顧箏伸手搖了搖他，「你還好嗎？」

夏時初朦朧睜眼，一雙桃花眼濕潤泛紅，酒意十足濃厚。他看到顧箏，露出了一個軟綿綿的笑，「還可以啊。」

那一眼望來，簡直殺傷力十足，顧箏腦中像有一池靜水，忽然噗通一聲，被投入了一顆燒得滾燙的石子，盪起了陣陣冒泡的漣漪，乃至於整個臉龐都被看得一陣酥麻。他一時毛骨悚然，下意識想把人撇開，立刻離得越遠越好。

然而夏時初要不是爲了幫他擋酒，也不會被那般圍著喝。他心裡還是有些感激的，也有些抱歉，便按捺住了逃跑的衝動，「你還能走嗎？要不要回房裡睡？」

夏時初點點頭，模樣難得又乖又聽話。他站起身來就要自己走，路線卻歪往一個非常離譜的角度。

顧筝連忙拉了他一把。

夏時初撞進他懷裡，一時頭暈目眩，站都站不直。他抬頭看看顧筝，哈哈笑說：「嗨唷，高材生，你怎麼自己投懷送抱啊……」

……好傢伙，醉成這樣還不忘調戲別人。事到如今，顧筝已經沒什麼脾氣，半摟半抱著他往屋裡走。

夏時初似是眞的醉得不輕，也可能是太累，後來幾乎沒了意識，全靠顧筝支撐。

兩人從未貼得如此靠近，帶著酒意的吐息一下一下吹拂在顧筝耳際，炙熱又醉人，讓他越走越不自在，一時竟覺得半邊身子都是滾燙的。

他感覺手上好像摟了個燙手山芋，一番折騰後好不容易才回到房間裡，連燈都沒手去開，憑藉著窗外來自街燈的微光，來到夏時初的床邊，傾下身來，把人緩緩放到床上，又替人拉好被子。

顧筝喘了口氣，莫名感到筋疲力盡，在要起身之前，瞥見夏時初的雙唇微微開闔，好像在喃喃說些什麼。他不太確定這人會不會是想吐，或者想喝水，又或者單純在說夢話——畢竟這人眼睛都沒睜開，便湊近去聽。

他萬萬沒料到的是，夏時初恐怕已經養成了某種本能反應，當夜裡床邊有人的時候，一般就是要幹點什麼事情的時候。於是一雙手臂忽然纏了上來，勾住顧箏的頸脖，在顧箏還在傻傻發愣的時候，將他一把拉了下去。

幽暗靜謐的小房間裡，兩人的雙唇相疊。

顧直男生平第一次吻上男人的嘴唇，心情無疑只能用震撼與驚嚇來形容，腦袋當場當機，感覺張嘴就能噴出一串亂碼，亂碼中間還他媽夾帶一句：他嘴唇好軟。

因爲太過衝擊，顧箏的所有感官都被放大，甚至能感覺到對方濕軟的舌頭輕舔了下他的唇縫，似乎想要探進來。顧箏手忙腳亂地撐住身子，猛地拉桿起身，夏時初的手滑落下來，搭在了他的小臂上。

其實，這一吻從頭到尾不過寥寥幾秒、一觸即分罷了，然而此時顧箏卻滿身大汗，腎上腺素飆升，好像剛幹了什麼特別激烈的事情一樣。他在黑暗中瞪大眼睛看著熟睡的夏時初，面上神情五彩紛呈，彷彿失了貞潔的黃花大閨女，一時不知道要奪門而出，還是把人給掀翻起來理論理論。

顧箏嘴巴張了又闔，闔了又張，就要在沉默中爆發時，卻忽見一滴眼淚從夏時初的眼角溢出，向旁滑落，隱沒在了髮鬢裡。

顧箏一怔，過熱的腦袋終於冷卻下來。

對了，夏時初這兩天總是興致不太高的樣子，他一直想著要來問一問、關心一下人家，卻又頻頻忘記，被別的事情或話題支開。

此時，在這個只有他們兩人獨處的小房間裡，顧箏覺得自己彷彿不小心窺見了夏時初埋藏深處的鬱結與悲傷，一時有些手足無措。他下意識地伸出手，像是想碰一碰那人的眼角，也可能是想替人擦去那滴淚水，又在半途中驀然回神，停了下來。

顧箏忽然開始覺得腦海亂糟糟的，所有想法思緒都不成章，想先抽身退離遠一點再說，卻發現對方正握著自己的另一隻手腕。他想輕輕掙開，就見夏時初的睫毛開始顫動，像是連在睡夢中都有些驚惶不安的樣子。

顧箏心臟揪緊，不敢動了。

於是這個漫漫長夜，顧直男被捉著一隻手，委委屈屈地靠坐在夏時初床邊的地上，用一種彆扭的姿勢縮在陰暗中，眼神放空地思考著人生。

事後顧箏再回憶起今夜，已記不太起來自己在這幾個小時內，到底都想了些什麼，只覺得好像有某種東西，開始悄然地變化、發酵，以至於徹底改變了之後的一切。

但當時的他茫然困惑、懵懵懂懂，並不知道那到底是什麼，最後就只是那樣子靠坐在床角，迷迷糊糊地睡了過去。

可能是受這一段意外的小插曲影響，也可能是被酒精迷了心智，加上平日裡已經聽太多夏時初那些沒羞沒臊的發言，顧箏這一夜半夢半醒之間，竟做了個旖夢。

夢境十分零碎片段，沒什麼完整的劇情，他整個人彷彿漂浮在舒適的溫水中，水面周遭浮沉著無數細碎的桃花瓣。

一雙柔軟無骨的手臂纏了上來，一道帶笑的嗓音在顧箏的耳邊繾綣問道：「所以說，你怎麼會夢到我呢……高材生？」

柔軟濕熱的舌，終究還是從顧箏的唇縫間探了進來，舔弄著他的口腔內壁，吻得潮濕又深入，顧箏頭昏腦脹，渾渾噩噩，只能被拖著緩緩下沉。

清晨四五點，歪坐在床角的顧箏猛地驚醒，呆怔一會兒後，忽然感覺到什麼，低頭往下一看……半晌，他低低罵了一聲：「靠……」

✦

夏時初難得擁有一夜好眠，等他再次被噩夢驚醒時，已經是早上了。

他伸了個懶腰，下床出門，去到洗手間盥洗，正好遇見從澡堂走出來的顧箏。這人帶著一身冰涼的水氣，髮絲微潮，像是剛沖了個冷水澡。

夏時初一邊刷牙，一邊含含糊糊地道了聲早。他對昨晚磕磕絆絆走回來的那段路有點零碎記憶，隨口說：「昨天是你帶我回來的吧？謝了。」

顧箏看他一眼，眼神不知爲何有些幽怨，但在兩人四目對上時，顧箏的視線卻又向旁邊飄開了。

夏時初覺得他有點怪怪的，「怎麼了嗎？」

顧箏看天看地就是不看他，「……沒有啊，什麼怎麼了。」

夏時初雖然有點疑惑，不過人家都說沒怎樣了，他也沒再多問，很快將這件事拋諸腦後。

這一天下午正好又有空檔，潛店的一群水上活動愛好者，就約好一起去自由潛水。

夏時初是菜鳥，潛不了難度太高、深度太深的潛點，教練們便精心選了個浪挺平靜的位置，教了一些基礎動作後，扔了個綁繩的鉛塊，讓他能攀繩下潛。

除去水肺潛水的沉重氣瓶，自由潛水裝束委實輕便，最有存在感的裝備就是那對長蛙鞋。然而自由歸自由，在海下只能靠著自己屏住的那一口氣，一旦沒氣，只能出水。

於是夏時初一下午就在那裡上上下下的，試著往更深處邁進，顧箏也在海中一個不近不遠的距離照看著他。

夏時初算是個天賦型選手，雖然總是一副精神委靡的模樣，事實上學什麼東西都挺快。他穿梭在湛藍的海水中，逐漸摸出一些門路，一雙長蛙踢出十分優雅的弧度，在水中回身，對著顧箏笑了一下。

顧箏安靜地看他，眼前的畫面因水光粼粼而有些不真切，熱切的陽光穿入水波之中，投落在夏時初的臉上，模糊成一片絢爛而破碎的金光。

不知是不是清早那個春夢的緣故，沉靜無聲的深水裡，那金光倒映入顧箏眼中，竟在他腦中忽而激起一陣驚滔駭浪。

不可能。

他忽然燙到一般地移開了視線，兵荒馬亂地心想：怎麼可能？

出水上岸時，顧筝這回不知何故，兀自走在前面，沒有回頭扶人一把。

夏時初有些疲倦，被浪打了兩下就沒站穩，腳後跟在銳利的礁石上狠狠蹭了一下，立刻就見血了。他沒覺得怎樣，便不當一回事。

回到小屋，在後院收拾裝備的時候，反倒是顧筝眼睛很利，一眼就看見了，他皺起眉頭，「你的腳在流血。」

「啊？哦，沒事，大概擦到礁石吧。」夏時初歪頭看了看，不以爲意，隨便沖了沖水，就當作處理好了。

顧筝看不下去，拿了醫藥箱，把夏時初捉到一旁按著坐下。

夏時初還覺得好笑，「哎，至於嗎？就是一個小破皮而已……」

雖說的確就是破皮，但礁石鋒利，傷口其實不算很淺，血也流得不少，顧筝實在搞不懂怎麼會有人總是這般沒神經，好像對自己一點也不上心，看著那傷口就覺得有些不是滋味。

「在海邊受的傷不能隨便輕忽，有種細菌叫海洋弧菌，如果不幸感染，組織壞死擴散的速度非常快，甚至有可能危及性命。」顧筝一邊說，一邊特別仔細講究地用生理食鹽水洗了腳後跟，又拿出優碘，認認眞眞地消毒傷處。

夏時初被伺候得都有些不好意思，「大兄弟，不然還是我自己來吧……」

「你算了吧你，給你也是隨便亂弄。」顧筝一點也不相信此人的生活技能，蹲在他面前，沒好氣道：「這幾天注意一下傷口的狀態，如果有任何變化，還是得立刻去醫院……」

夏時初打心底不覺得有這麼嚴重，不過仍嗯嗯哦哦地應下了。

顧箏最後又幫他貼上了防水的ＯＫ繃，大功告成之後，才後知後覺地發現，握在手裡的腳踝還眞的是特別白皙，摸起來精緻又骨感……忽然就又覺得很是燙手，連忙不大自在地鬆開了。

夏時初看他臉色又開始有些奇怪，疑惑地問了句：「怎麼了？」

顧箏欲蓋彌彰地移開視線，嘟囔著道：「……沒什麼。」

晚上，顧箏例行性地和學妹通著電話。

聽著那一頭細細柔柔的女性嗓音，顧箏心想：這才對。他喜歡的明明就是這種軟萌的妹子，什麼恐同即深櫃，一派胡言，他們那些gay的奇奇怪怪雷達根本一點都不準確……

他在腦中對著自己碎碎念，背誦清心訣似的，沉浸在一頭胡思亂想中，對電話應答得都有些心不在焉，幾乎沒聽進去多少內容。

學妹與他聊一會兒，都注意到了，語氣開始不大高興，「學長，你有在聽嗎？」

顧箏猛然回神，哈哈乾笑，「當然有啊，妳剛剛在說……在說這學期的選修課程嘛。怎麼樣，有搶到想要的學分嗎？」

學妹半信半疑地放過他，就著這個話題繼續聊了下去。

但不知怎地，顧箏總感覺這通電話越來越難聊，也可能是天天都講這麼久，根本已經不存在什麼有實質意義的內容。面對小女孩任性的、涵義不明的抱怨與撒嬌，顧箏有時根本不知道能回點什麼好，甚至覺得有些心累。

他忽然開始有點不明白，自己本來究竟在期待這段關係中的什麼部分？

一通冗長又乾巴巴的電話掛斷以後，顧箏腦海放空，在原地發呆了好一陣子，而後他自我催眠地想著：一定是最近跟這一票臭男人相處太久的緣故。

# 第九章

夏時初總覺得這幾天顧箏的態度有點奇奇怪怪。具體他說不上來，就好像話變少了，語氣變生硬了，偶爾對到眼，這人也總是立刻就轉開視線，好像在生悶氣似的。

細細一想，這情況貌似是從晚會那天過後就開始了，夏時初懷疑自己該不會那晚酒後亂性，說了或者做了些什麼吧？想來想去實在沒什麼印象，索性就不想了，反正他也沒辦法改變什麼。

因爲夏時初腳上有傷口，被店裡的眾多人勒令不准下水，這幾天閒暇時間的活動只能從海上轉移到陸上。一天下午，夏時初、顧箏、陶郁齊三人都無事，陶老闆就開車載著他們出門，去一間手工藝小店。

這間店的商品，都是用海灘拾獲的廢品與垃圾，比如漂流木、浮球、漁網與一些塑膠或玻璃碎片等等，經過一些加工所製成的。

室內一面牆上還有一隻巨大的海龜圖形，夏時初湊近了看，才發現竟是由數千個深淺不一的綠色寶特瓶蓋拼接而成，也不知得耗費多少時間與心力才能完成，相當壯觀。

除了販售工藝品之外，這間小店也提供ＤＩＹ體驗，經營者是一對夫婦，年紀與陶老闆差不多，拿來了三個打磨得非常光滑的小巧玻璃片，笑吟吟地說：「有興趣的話，也可以自己動手畫，來，我這裡有壓克力顏料……」

安置好他們，這對夫婦就兀自去一旁和陶老闆喝茶聊天了。

三個人忽然就像小學生一樣，排排坐在桌邊，面面相覷了一下，才乖乖地動手。

夏時初隨手畫了隻飛鳥，沒兩分鐘就搞定了。

陶郁齊畫到一半，瞥見他完工，忍不住嘆道：「你眞厲害啊，也專門學過壓克力顏料嗎？」

對夏時初來說，這不過是塗鴉，純粹畫個好玩罷了，根本談不上厲不厲害，於是失笑地搖搖頭。

「沒有，只是以前一個老師拿給我用過幾次而已。」想起什麼，他眼中露出些許懷念，「那位老師才是眞的厲害，什麼顏料都很擅長……他叫高瑋杉，還算有點名氣，不知道你有沒有聽過。」

「啊……我對這一塊領域不大了解。」陶郁齊不好意思地搖搖頭，「是你大學的老師嗎？」

「是，他人挺不錯的。」夏時初笑著隨口閒聊：「就是老愛讓我念書，他嫌我心不靜，一天到晚拿書給我看，我那時可煩了……」

陶郁齊的另一邊，則是毫無藝術細胞的顧箏。從小到大，在學校他最頭痛的事情就是交美術作業，此時自然一點頭緒都沒有，只好硬著頭皮畫了個笑臉火柴人，而後直接寫字，寫的只是自己的名字與日期，字跡還歪歪扭扭的，不是很好看。

陶郁齊回過頭來，看見顧箏的「作品」，沒忍住笑了出來。

「你的字還是這麼……」他人太好，忍住了一個醜字，轉而委婉地說：「有童趣。」

夏時初把成品交出去了，老闆能幫忙打洞做成鑰匙圈。他剛走回來，聽見陶郁齊的話，好奇地湊了過去，在顧箏身旁彎下腰來看，「怎麼樣童趣？」

顧箏聞聲轉頭，看見的就是夏時初近距離的、稜角分明的下頜線，視線稍微再往上移，就是那對柔軟的、濕潤的……曾和他吻過的唇瓣。一陣熱氣上湧，他猛地站起身，椅子都被咣啷一聲撞開，鬧騰出一陣不小的動靜。

一時之間，夏時初與陶郁齊都驚愣地望著他。

「你別老是……靠得那麼近！」顧箏心浮氣躁，臉色鐵青，好半晌才生硬地憋出一句：「我說過了，我恐同！」

他的態度可謂是十分突然而無禮，讓人感覺像是帶著敵意與歧視，夏時初在最初的驚愣過後，很快回過神來，神情轉得冷淡。

「啊，是呢，」他退後了一步，點點頭，語氣平平，「抱歉，是我忘記了。」

說罷他便轉身走了，回去老闆那邊看鑰匙圈做好了沒。

「你怎麼回事？」陶郁齊看著他背影走遠，回過頭來，不大贊同地皺眉，「你們這陣子關係不是還挺好的嗎？怎麼突然又這樣？」

顧箏雙唇抿起，老半天也答不上來，最終只是悶悶地踹了椅子一腳。

✦

深夜，夏時初再次坐在沙灘上抽菸。

他面上沒什麼表情，腦中想過很多事情，都是他在這裡度過的樁樁件件，這些記憶多半是開心的、熱鬧的，最終卻定格在顧箏今天嫌惡的神情上。

夏時初覺得，其實這也沒什麼好稀罕的，討厭他、責難他的人從來都不少，更何況正如顧箏所說，他本來就恐同，是這幾天他們還算和平共處，讓他一時忘記了。

夏時初用一種平靜到近乎冷漠的情緒看待這件事情，反正，所有人都是會離開的……這個人也沒什麼不一樣。

口袋中的手機忽然響起，夏時初摸出來看一眼，螢幕顯示是個陌生的號碼，他隨手接了起來，「喂？」

「你好，這裡是聯合醫院。」電話那頭是一道年輕的女聲，背景音有些忙亂嘈雜，可能是護理師，「請問是夏時初先生嗎？」

聽夏時初應了是，護理師繼續道：「是這樣的，你父親剛才出了個車禍，是小客車對撞，我們正在一一聯絡家屬。」

「我父親？」夏時初抖了抖菸灰，語氣毫無波瀾，「蘇品晗？」

護理師怔了一下，「對，是蘇先生。」

這時間還能出車禍，想必是又出去外面尋歡作樂了，八成是在某條開房間的路上被撞的。

夏時初慢條斯理地問：「哦，嚴重嗎？」

「不嚴重，只是輕微腦震盪，還有手臂上有一點擦傷，都已經處理得差不多——」

「既然死不了，就不用告訴我。」夏時初語氣禮貌地打斷。

護理師呆住了，顯然資歷還不夠深，沒遇過這樣的家屬，「不是，但我們這邊……還是要確認一下，你們等等有沒有家屬能來接他？剛剛打他太太的電話，沒有人接……」

夏時初又抽了口菸，「沒，我在外地。」

「還是說，有沒有其他家屬方便……」

「沒有，不用費心聯絡了，」夏時初笑了笑，語氣客氣又涼薄，「他沒有家屬。」

這幾天顧箏睡得不大好，常常在凌晨兩三點忽然醒來，覺得又熱又燥。他偷偷摸摸往隔壁床看一眼，卻發現床上是空的，根本沒人，不禁愣了一下。

這麼多天以來，晚上熄燈後，他和夏時初經常會在睡前有一搭沒一搭地隨口閒聊幾句，不知不覺都養成習慣了。但他今天衝著人亂發一通脾氣，覺得內疚且尷尬，又不曉得怎麼解釋，於是今晚就自暴自棄地特別早睡，想避開對方……結果人家這一晚乾脆不回來。

顧箏頓時感到更內疚了。他起身下樓，穿過廚房，走出後院，果然在那個熟悉的老位置上見到夏時初獨自坐在那裡抽菸。

顧箏覺得自己實在很矛盾又矯情，分明想保持距離，又總是看不得這人孤家寡人的模樣。他在原地遲疑糾結了老半天，最後還是走上前去了，「你怎麼又不睡啊？」

夏時初聞聲抬頭一望，見是顧箏，露出了有點莫名其妙的表情。

顧箏看到他神情，自己先不好意思了，有點結結巴巴地開口：「抱歉啊，我今天不是……不是針對你，也沒有要趕你出去的意思，你……這麼晚了，要不要趕快回去休息？」

夏時初覺得這人的行爲眞的很讓人迷惑，好像來大姨媽一樣，心情起伏難以預測。不過他已經懶得細究，也沒說信或不信，只是淡淡笑了笑，給對方一個台階下，「哦，我只是睡不著。」

「又睡不著啊？你好像每天都這樣。」

「差不多吧。」夏時初聳聳肩，不以爲意，「就說了，我平時都吃安眠藥。」

顧箏眉心皺成一個川字，低唸了句：「毛病眞多。」仍在夏時初身旁坐下了。

夏時初看他一眼，沒話找話聊：「我剛接了通電話。」

「什麼電話？」

「醫院的電話，說我爸出車禍了。」

「啊？」顧箏眼睛睜大，差點跳起來，「嚴重嗎？那你要趕回去嗎？這麼晚也沒有船了——」

夏時初被他嚇唬到了，愣怔半晌才噗哧一笑，「沒事，不嚴重，我就隨口一提而已，你別緊張。」

顧箏這才放鬆一點，卻聽夏時初忽然又嘆了口氣。

「怎麼了？」顧箏小心翼翼地問：「你在想什麼？」

夏時初單手托腮，沉吟著道：「我在想，那車吧，怎麼撞不死他呢。」

顧箏一時無言以對。聽夏時初那樣說，他這才又想起了關於夏家的那一篇八卦報導，看來夏時初對這位出軌騙炮、劣跡斑斑的父親全無一分情感。

「我常想不通，夏女士清醒驕傲了一世，當年怎麼就……愛上了這樣一個垃圾？」他的唇邊抿著一抹淡笑，語氣並不難過，反而帶著一種興味，像是真的對這事感到荒唐又疑惑。

「不過，他們倒是老愛把責任推到我身上。」說著，他頗覺有趣地笑了笑，「吵架時總扯到我。一個說要不是懷了我，她才不會嫁，另一個也是，說要不是因爲我，他也用不著娶……唉，我可眞是罪該萬死啊。」

他說得那樣雲淡風輕，像是早就已經習以爲常，反倒是顧箏聽得比他還要難受。小小一個孩子，成天聽著這樣的話長大，心裡究竟是什麼感受？

不等顧箏想出什麼寬慰的說詞，夏時初自己先笑嘆了口氣，「不說了。你呢？你不是有一半排灣族血統，是你爸還是你媽啊？」

「我媽。」顧箏頓了下，繼續補充：「我爸是教師，去了東部教書，兩人才遇上的。」

不擅長安慰人的顧箏，大概是想轉移夏時初的注意力，倒豆子一般，叨叨絮絮說了許多他家裡的一些家常小事。

夏時初安靜地聽，只偶爾回個一兩句話，也不知是因爲顧箏的嗓音太低沉平穩，又或者是這些小故事實在太平和溫馨，一二個小時過去，竟漸漸覺得有些睏意。

「我爸是個斯文人，遇到我媽那樣熱情奔放的，一天到晚對他唱情歌，根本就招架不住。他們沒多久就結婚了，我爸之後就定居在台東。

「那是個好地方，好山好水的，他們最近還開了民宿。秋天時，那一帶的金針花海特別漂亮……」

說著說著，顧箏話聲突然止住，只因有什麼緩緩靠到他肩上。他身體微微一僵，側過頭去看——就見夏時初睡著了。

呼吸一下下吹拂在顧箏耳邊，讓他立刻又不自在了起來，手腳都不知如何安放，伸手想推醒他，卻又想起對方說自己從未有過一場好覺，於是遲疑了老半天，怎麼也沒忍心去推。

後來，夏時初是被日出的一線陽光亮醒的。

他微微一怔，頸脖有些僵硬地坐正，側頭一看，只見顧箏還坐在他的身邊，埋首抱膝地沉沉睡著。

晨曦的微光灑在顧箏的身上，顯得那麼祥和又溫柔。

沉寂失溫已久的心臟，在這一刻像是終於想起了如何跳動，一下一下的，在夏時初的胸腔裡，鼓譟得那麼鮮活又熱切，幾乎到了令他感到疼痛的地步。

爲什麼啊？

夏時初不明白，這個人到底怎麼回事？是同情他嗎？爲什麼總是要這樣？不管不顧地對他好，多管閒事地拉著他走……不是討厭他嗎？爲什麼又要做這些多餘的事情？

夏時初出神地、仔細地看著他，實在很難形容現在的感覺，心口一陣酸軟發麻，同時卻又感到有些無助與悵然，甚至是怨怒。

既然覺得討厭……那就別總是靠近啊。夏時初已經鮮少會有這種近於憤世嫉俗的情緒，因爲沒有意義，也沒有人在乎，只會讓自己顯得脆弱又難看而已。

他抿起唇，再次一字一字地告誡自己：不要期待不屬於你的東西。

他最後看了一眼顧箏，沉默地起身離開了。

✦

顧箏迷迷濛濛醒來時，發現朝陽初升，天色已經大亮，而自己正獨自坐在廣闊無人的沙灘上，像個流離失所的拾荒老人。

剛睡醒的腦子渾渾噩噩、不太清醒，他還有點搞不清楚狀況，想不起來自己為什麼會出現在這裡。懵懵地呆坐幾秒後，他就回過神來了……好樣的，夏時初這傢伙竟然把他一個人扔在這裡，自己跑掉啦？

顧箏有些無語，但也沒有眞的生氣，反正……算了，他們保持一點距離也好。顧箏甩甩頭、抖去身上的沙，伸展著痠痛的四肢，起身往回走。

回到房間，一打開房門，顧箏就先看到夏時初床上放著一小堆打包好的個人用品，還有一些疊得整齊的衣服與毛巾，看起來就像是房客要退房了一樣。

顧箏怔住了。

夏時初這時正好從走廊的另一頭走過來，見到顧箏也沒什麼特別反應，只是不鹹不淡地說了聲：「早。」

「早……」顧箏下意識地回應，看著夏時初與他擦身而過，進到房裡繼續收拾物品，忍不住又問：「你這是……做什麼呢？」

「我想了想，覺得總是在你房間打擾你也不太好。」夏時初一邊收東西，一邊笑笑道：「剛問了陶老闆，老闆說近期床位還算充裕，我可以搬回去之前那邊住，就不用在這裡麻煩你了。」

顧箏聽得一愣一愣的，「啊，這樣啊……」

夏時初東西不多，拎著個小袋就走出去了，留下顧箏一個人杵在那裡風中凌亂。

對方主動撥出去，顧箏理應鬆一口氣才對，此時他卻覺得有些焦躁。他長長地呼出口氣，有些心煩意亂，隨手拿出手機來，只是想看個時間，按了幾次側按鍵，卻不見螢幕亮起來。

靠，沒電了？昨天晚上，他思緒亂得很，回到房裡就直接蒙頭睡了，連手機都忘了充電，不知道什麼時候就默默關機了。

顧箏心中忽然有種不好的預感，忙接上行動電源，把手機開機——幾則通知跳了出來，顧箏點開來看，發現昨晚有五通未接來電，來電人都是學妹。

這個事情就比較大條了。

顧箏連忙回撥過去，等待接通時，他不堪重負似的緩緩蹲到地上，空著的一手把頭髮抓得亂糟糟的，感覺有點崩潰。完了，他竟然完全忘記日常通電話這回事了。

十幾秒過後，學妹接起來了，開頭一個「喂」字聽起來語氣就很不好。

顧箏開始道歉：「抱歉，昨天手機沒電了，我沒有發現。」

「哦，沒有發現。」學妹語氣超酸，用聽的就知道正在生氣，「一天就打那一通電話而已，這都可以沒想起來，學長在那邊玩得很開心吧，根本沒空想到我……」

顧箏聽著那一頭碎碎念著發脾氣，腦海嗡嗡作響，忽然就覺得心好累。他開始回憶，自己最初爲什麼會和學妹逐漸走近？好像，最開始是直屬家聚上因爲旁人起鬨，曖昧地笑說他們看起來很登對，都單身乾脆就湊一起，兩人才對到眼。

當時顧箏看對方性格可愛、外型甜美，好像沒什麼不合適的地方，便也覺得的確可以試試看……然而他們真的合適嗎？或者說，他真的喜歡過對方嗎？還是說，他只是覺得這一切都正常、合適、順理成章而已？

顧箏是在好幾秒以後才忽然回神，發覺電話那頭已經沒在念了，甚至已經一陣子沒有聲響了。他心頭一緊，忙道：「抱歉，我……恍神了，妳、妳剛剛說到哪裡了？」

學妹沒有馬上回答他，她的怒氣此時似乎反而平息了下來，沉默一會兒後，語氣變得平靜：「學長，是不是我誤會了，你是不是根本就對我沒有那個意思？」

她忽然這樣直白地說出來，反倒讓顧箏直接愣住。他嘴巴張了又闔，闔了又張，也不曉得自己想說的是什麼，思緒糾結成一團亂麻，怎麼理也理不清晰。

「我常常覺得，你的心思總是不在我身上。」電話那頭，學妹還在訴說：「你總有你自己想做的事，好像不會主動想陪在我身邊，也不會主動想和我說話，都是我讓你做什麼，你才做什麼。我覺得……你其實沒那麼喜歡我。」

她忍著情緒，然而語氣中仍流露出委屈，可能還是希望顧箏能夠否認、能夠挽回。可顧箏終究要讓她失望了。他啞口無言了好半晌，最後緩緩地說：「……對不起，或許妳說的是對的。」

電話那一頭徹底安靜了。

「我也不知道爲什麼會這樣，我就是……感覺不對。」顧箏嗓音沙啞，「抱歉，我們……算了吧。」

隨著電話的掛斷，一段原本正在萌芽的情苗，就這樣生生被掐滅了，但顧箏自忖內心，竟也並未感到有多少惋惜或不捨，甚至覺得如釋重負……爲什麼啊？他難道……眞的……

夏時初隔了一陣子又回到顧箏房裡，想拿走剩下的東西，一進門，就見到顧箏抱膝坐在角落地板上，頂著一頭亂髮，一副頹廢喪志的模樣。

他看起來實在太消沉也太奇怪了，相識一場，夏時初還是不好裝作沒看見，便問了句：「你坐在那裡幹麼？」

顧箏聞聲抬頭看過來，瞧見夏時初，整個人的氣息似乎更消沉了。他抿起唇，好像有點不知道要講什麼，沉默半晌才憋出一句：「我剛剛和學妹結束了……」

「啊這……」夏時初著實有些意外，安慰的台詞一時都沒想好，「那……節哀？下一個會更好？」

顧箏靜靜看著他，看著看著，眼眶竟然就慢慢地紅了。

夏時初被他嚇唬到，「噫，天啊，你不是吧？多大人了，你該不會要哭了吧？」

顧箏狠狠抹了把眼淚，甕聲甕氣地說：「不要你管。」

怎麼好像有點可愛？夏時初不合時宜地心想。

一直到很久以後，夏時初才明白，此時的顧箏其實不是因爲失戀而哭，而是他太過於不知所措，甚至感到有些驚慌——他二十二歲了，以爲自己一直走在尋常的道路上，如今卻毫無徵兆地、不講道理地，喜歡上了一個同性。

是的，此時此刻，他終於承認自己喜歡夏時初。

他喜歡和他相處，喜歡和他說話，視線總是不自覺地落在他身上，因爲他而心動。他不想見到他難過，想讓他開心，想要碰觸他，甚至……對他產生過慾望。

他本以爲固若磐石的堤防，在這一刻驟然崩潰瓦解，洪水沖垮了他自以爲是的認知，讓一切徹底天翻地覆。

然而此時的夏時初當然不知道這些。他只是看著這猛男落淚的畫面，覺得有一種神奇的萌感，不知爲何就聯想到了陶老闆養的大金毛，有點想去摸摸他的頭。

不過，夏時初還是忍住了。他說了幾句不著邊際的安慰，似乎沒什麼用，顧箏眼眶好像還更紅了一點。

他不由得有些納悶，不是連女朋友都還算不上嗎，這傢伙眞的那麼喜歡她啊？

夏時初忽然就有點不是滋味，隨口說：「反正，那一看就是個公主病，在一起就是找罪受而已，下次你眼光放亮一點，找個更好的——」

「啊！你別說了！」顧箏不知被哪句話刺激到，把頭埋起來崩潰。

「……那我先出去了。」夏時初頓了頓，把剩下的話吞回去，安靜地退出去，帶上房門前，又輕聲說了句：「再見。」

# 第十章

早上那個插曲過後，他們一整天再沒有交談。前一夜的溫情好像是個幻覺，兩人又心照不宣地重回了有些冷淡的氛圍，有時偶然對到眼，也都只是沉默地移開視線。

鄰近傍晚時，店裡暫時沒什麼事要忙，夏時初空閒下來，便又坐在沙灘上靜靜地看海。少了個人在一旁與他拌嘴吵鬧，成天精力過剩地拉著他到處玩，整個世界好像再度靜了下來，他忽然有點不曉得自己還待在這裡做什麼，一切又變得沒什麼意思。

他在心裡數著日子，其實也差不多了，一個月的時間所剩無幾，要不……乾脆就靜靜地離開吧？

「夏……時初？」一道帶著遲疑的女聲響起，打破了這份寧靜。

夏時初身形一滯，轉頭望去——來人正是幾天前在店裡遇見過的那名女子，她身上依然是那套洋裝與跟鞋，唇色正紅，眼下的兩顆小痣仍舊那麼鮮明。

這回她身邊不見丈夫與小孩，顯然是獨自前來，或者說，她就是爲了夏時初而來。

夏時初的視線在那兩顆小痣上停頓片刻，復又轉開，他神情很冷淡，沒有要起身交談的意思，只是坐在那裡，懶洋洋地問：「有事？」

女人站在一段距離外看著夏時初，眼神很複雜，好像帶著愧疚、憂慮，以及一點微不可察的恐懼。她沒直接說正事，而是先感嘆了句：「……你長大了。」

這一聲感嘆，有示好、拉近距離的意思，但夏時初卻並不接，而是笑了一聲，「而妳老了。」

他態度不友善得那麼明顯，女人很難再做出那副追憶往昔的感慨模樣，她抿起唇，覺得有些難堪，勉強笑了一下，「我以為，你說不定不記得我了。」

「怎麼會？」夏時初莞爾，「那幾年，我見過妳很多次，次次都令我印象深刻。」

女人再次被堵得難以接話，半晌才又艱難開口：「你們……你，還有蘇先生……這些年過得還好嗎？」

「好與不好，和妳又有什麼關係呢？」夏時初連裝都懶得裝，漫不經心地反問：「難道妳偷情成癮，現在還想再續前緣？」

此時的夏時初，就是一團負能量的集結體，說出口的一字一句都滿懷惡意。也是直到此刻他才恍然察覺，在他的心裡，原來仍有著那麼多的意難平。

他又笑了一下，「可惜了，那位蘇先生，向來只喜歡年輕貌美的。」

女人被說得眼眶泛出淚意，她看著渾身帶刺的夏時初，終於流露出了後悔的情緒。

如今的她，有愛她的先生，有兩個可愛的小孩，擁有幸福的家庭。她已經四十幾歲了，性情沉靜下來後，再回顧二十歲的自己，與當年那扇門後，那個不到十歲的孩子，才終於開始感到寢食難安，才開始一遍遍捫心自問，當年自己究竟都做了些什麼啊？

「對不起。」女人的聲音很輕，幾乎一出口就消散在海風裡，「對不起呀，我當年……當年不懂事，我太驕傲也太幼稚，自以爲自己是在勇敢地追求眞愛。那時候，我是他的歌迷，我只是眞的很喜歡——」

「妳道歉，是希望能夠獲得原諒嗎？」夏時初的唇角抿著一個很淡也很冷的笑，絲毫不因爲這些話而動容，「妳也配？」

「我——」

「我知道妳擔心什麼。」夏時初淡淡打斷，拍拍身上的沙子，站起身，「你們全家的姓名與資料，我在店裡都能看到。我知道妳先生的手機號碼、妳先生在哪裡上班，你兩個小孩在哪裡上學……我全都記住了。」

女人被戳中最害怕的事情，臉色變得蒼白。她看著夏時初直起身子，身形一下子比她還要高大，令她不由自主畏怯地退後了一步。

「我長大了，而且還記得妳，我是堂堂夏氏繼承人，妳害怕我報復妳，又不敢把這筆爛帳告訴妳先生。妳先生只是一個平凡的白領階級，要設計他實在太容易了。」夏時初呵的笑了一聲，「追求眞愛？現在妳還相信眞愛嗎？我很好奇，面對層出不窮的陷阱和誘惑，你先生究竟會不會背叛妳？」

「……當年我還小！當時我甚至、甚至比你現在年紀都還小！」女人情緒幾近崩潰，歇斯底里地喊：「一個巴掌拍不響，你不能全都怪我！蘇先生他……他分明也有錯，他的情人那麼多，我又不是唯一的一個！我只是……只是不湊巧讓你撞見罷了！我求你了，我都有孩子了，你想想那兩個孩子，他們都還那麼小——」

與其說是來眞心懺悔，不如說女人實在是太害怕了，她看出夏時初眼眸深處的仇恨與算計，而她如今有了太多的軟肋。

夏時初又何嘗不知，在那幢精緻華美的大房子裡，其實所有人都是可憐人。於是他就連仇恨都無處安放，連報復都不能心安理得。

你看，連她這樣子的爛人都那麼愛她的孩子啊。

愛分明是這麼氾濫的、庸俗的、廉價的東西……爲什麼他總是得不到呢？

女人尖銳的嗓音還在耳畔不停反覆，夏時初的指尖開始有些神經質地顫抖，想要抓撓點什麼東西，手邊卻什麼也沒有，只能掐住自己的掌心。好吵啊，這些人爲什麼都不去死呢？他有些出神地想。

見夏時初沉默，女人顫聲問道：「都那麼多年了，你就……你就那麼恨我？」

「……怎麼會？我謝謝妳。」夏時初喃喃回答：「是妳讓我看見了人間眞實。」

夏時初其實沒有眞的想做點什麼，那些計畫與念頭，只在最初浮現過腦海而已，並沒有打算實行。不過他也沒想認眞解釋這一點，可能是覺得累了，或者太吵了，他不想再繼續這段毫無意義的談話，說完便轉身想走。

女人見狀卻更慌張了，一慌就開始口不擇言，尖聲叫道：「你們家庭不和睦、你母親婚姻不幸福，是你們原本就有問題！你明明就知道，不能全都怪我！你根本就只是在遷怒——」

她的話語越來越尖銳，越來越誅心，夏時初神情麻木，覺得很累，累到沒力氣去打斷或回嘴。

忽有另一人的聲音突兀地插了進來，壓抑著怒氣，「妳夠了！」

夏時初驀然回神，一抬眸，看見的已經不是女人的嘴臉，而是顧箏的雙眼。

顧箏不由分說地將兩人給隔了開來，高大的身形將女人完全給擋在了身後。他抿著唇，眼神中明顯怒氣沖沖，手上的動作卻很輕柔——他拉起夏時初的手，將夏時初緊握的手指仔仔細細地、一根根地舒展開來。

夏時初終於後知後覺地感覺到一絲疼痛，他跟著垂眸，這才看見自己的手心和手背布滿好幾道自己方才不自覺抓出的紅痕，滲出了絲絲血珠。

顧箏握著他的手那麼穩，以至於夏時初發覺自己的手正在痙攣似的顫抖著，零星血點沾到了顧箏的手上，顧箏卻似乎並不在意。

女人曉得這人可能是夏時初的朋友，幾次繞不開，還在後頭不死心地咬牙喊道：「是我有錯在先，但我已經後悔了，我已經深刻反省了！夏時初，你不能那樣對我！你不能、不能那麼惡毒——」

「所以說啊！」顧箏壓抑的怒火在這一刻爆發。他猛然回身，對著女人怒吼著問道：「那些傷害別人的事情，一開始就爲什麼要做啊！」

顧箏對著女人幾乎是一連串的破口大罵，他那麼生氣，氣到讓夏時初都有些想笑。

然而這種被人護在身後的感覺實在太陌生了，又令他笑不出來，只是怔怔望著顧箏的背影，心口酸軟發燙，幾乎有種想要落淚的衝動。

到底為什麼啊？他為什麼總是要這樣？

夏時初出神地看著顧箏，看他把女人罵到啞口無言，看他拉著自己快步離開，去尋一個安靜的、隱蔽的地方，夕陽將他們牽著手的影子拉得好長。

夏時初覺得很安全，同時卻再次感到很害怕，心臟又在不安分地渴盼與鼓譟，而他已經無法遏止。

回到陶家的小木屋附近，一個鮮有人路過的偏僻牆角，夏時初猛地把手甩開。

顧箏一頓，回過身來看他。

夏時初嗓音沙啞，「你到底有什麼毛病？」

「什麼？」

「你能不能別管我了？你不是很討厭我嗎？」夏時初想要克制住情緒，然而並不成功，聲線幾乎有些發抖，「我拜託你，別總是這樣假好心，我不需要！」

顧箏很少看到夏時初這麼情緒外露的時候，認識至今，他總是一副雲淡風輕、沒心沒肺的模樣，彷彿凡事皆不過心。此時的他卻像是一隻受傷的動物，豎起了全身的尖刺，不讓任何人靠近。

顧箏看見了他眼眸中一種近乎於怨恨的抗拒，並不能完全理解，只是覺得很難過，他低聲道：「我沒有討厭你。」

夏時初扯了下唇角，顯然不信，「哈，眞好笑……」

那種控制不了的焦躁感再次湧現，夏時初又想用指甲去摳點什麼，顧箏卻先一步察覺，再次握住了他的手，一邊有些手忙腳亂地試圖解釋：「我……我沒騙你，我其實……」

但此時的夏時初已經聽不進任何話語，他長久以來壓抑著的、醜惡又扭曲的憤懣與嫉恨，被顧箏無心地揭起，在這一刻徹底爆發。他陷入了一種焦慮的、恐慌的、神經質的狀態裡，呼吸急促，渾身發抖，只想要掙開顧箏的箝制。

其實顧箏先前便曾想過，夏時初的睡眠障礙是否有可能與潛在的心理問題有關，卻沒有深想。現在這個問題確實地在顧箏面前攤開來了，而他完全不知道該如何處理。

在劇烈的拉扯與掙扎中，顧箏已經沒法做出太細緻的思考，只覺得心口一陣酸疼。他抿起唇，看著夏時初蒼白的、微微發顫的唇瓣，竟是忽地傾下身來，吻住了對方。

那只是一個不帶慾念的、平凡的，甚至莽撞的親吻，卻讓一切忽然都靜了下來。

一瞬間，夏時初的腦海紛亂閃過許多思緒，有驚愕、有不解，而後聯想起顧箏近日奇怪的反應、種種反覆的行爲……在這一刻終於變得明晰。

啊，原來如此，夏時初恍然想道。

但是……怎麼會呢？

在這一吻發生的當下，夏時初便已想到了後果，他其實理當推開顧箏，最終卻怎麼也沒捨得抬手。

……那就這樣吧。在親吻間隙，夏時初的心底恍惚升起一種病態的惡意：就這樣……一起沉淪吧。

夕陽沉入地平線，天色漸漸暗去。

兩人從後門進屋，一路無話。

夏時初依舊還有些走神，顧箏則是看似鎮定，內裡已經波濤洶湧，走路都快要同手同腳。

啊！親下去啦！我！他媽！一點都不直啊！啊啊啊啊！

他們一前一後地往顧箏房間的方向走，在過道上還與佇立在牆角的陶小妹擦身而過，然而二人各自沉浸在自己的思緒裡，心不在焉的，因此沒注意到陶小妹正直勾勾地瞪著他們，臉色有些僵硬。

回到房裡，夏時初覺得有些疲倦，去到他睡過的那張床，在床緣坐下。

顧箏見狀，關上房門後跟著走過來，也一屁股坐到了自己的床邊，與夏時初對坐著面面相覷。

細細一想，這場景還挺有既視感，他們前些日子的晚上其實也常這樣，待在各自的床上，有一搭沒一搭地拌嘴或閒聊……雖然現在也是差不多的位置，卻顯然有什麼已經不一樣了。

「那個女的……」沉默片刻，顧箏終於組織好措辭，比起直不直、彎不彎的問題，他更關心另一件事情，「上次見到，你就認出來了？你最近不開心就是因為她嗎？你怎麼都不說啊……」

顧箏剛才旁聽了他們爭執的後半，大概知道是什麼情況，但也還有很多想了解的。

夏時初笑了一下，「高材生，你真的很愛偷聽別人講話啊。」

「我……」顧箏老臉一紅，悶悶道：「我看她像個瘋婆子一樣，哪知道是怎麼回事？我這不是……怕你被客人找麻煩嘛。而且你平時不是能說會道，剛才怎麼就不吭聲了，就那樣傻站著讓她欺負你啊……」

隨著天色暗下，又沒人去開燈，夏時初有些蒼白而陰鬱的面容也逐漸隱沒在陰影之中。他專注地看著顧箏，忽然發現，自己其實已經沒怎麼在想那個女人的事情了。

「一個無關緊要的人而已。」夏時初輕聲道：「不重要了。」

「可是她——」

「比起那個，我更想知道……」夏時初的唇角慢慢勾起了一抹微笑，在幽暗的光線中，顯得有些詭祕而勾人，「你到底是不是啊？」

顧箏一怔，同樣的問句，他終於不再像當初那樣，連聽都聽不懂。

「我不知道。」顧箏眼神明顯有著無措，「我從來……沒有想過……」

顧箏無助又茫然的模樣，讓夏時初看得有些心軟，他又笑了一下，轉而道：「那就別想了。」

說著，他忽然站起，幾步走近顧箏，雙腿一分，直接跨坐上來，雙手纏上顧箏明顯變得僵硬的背脊，像隻懾人心魂的海妖，在顧箏耳邊竊竊私語：「做做看就知道了。」

比起方才淺嘗輒止的碰唇，此時的親吻才更像是個親吻，潮濕又深入，不時發出黏膩又曖昧的水聲。光是這樣一個吻，就讓顧箏覺得頭昏腦脹，血液往下腹湧去。

夏時初分腿坐在他膝上，騰出一手來，不安分地往下游走，探入了顧箏的褲腰，用十分煽情的手法揉捏著那一處。

筆直了二十二年的顧小兄弟，忽然對上一位同性，一時只覺慌亂無措，全身僵硬。夏時初意識到了這一點，索性主導著這場性事。他將顧箏推倒在床上，自己則往下游移，將對方的褲子往下拉開，碩大硬挺的慾望彈了出來，已經全然興奮。

夏時初的臉幾乎貼著顧箏勃起的性器，笑著說：「哈……這麼硬。」

這畫面讓顧箏臉色漲紅，額角幾乎爆起青筋，他張了張嘴，想要說點什麼，下一秒夏時初卻忽然低頭，將他那一處含了進去。

下身落入一個熱燙又濕軟的地方，過於強烈的快感讓顧箏一時只覺整個腦袋都炸了，完全沒法思考，只能看著夏時初在那裡又含又舔的，嘴裡的東西不時將他臉頰撐得一鼓一鼓。

顧箏最後甚至都不曉得自己是什麼時候射出來的，只見夏時初直起身來，唇角牽出一條黏稠又色情的白絲，嘴中還含著一口精液，竟吞了下去，然後笑他：「眞快。」

他淡紅色的唇上也沾了點白濁，卻不去擦，只是伸出舌頭來舔了舔。顧箏表情空白地看他，只覺下腹一陣邪火竄起，隱隱又有抬頭的趨勢。

「嗯？」連夏時初都有些驚詫，「又硬了？不愧是年輕人啊，失敬失敬……」

顧箏終於受不了這人連篇的下流話，一把將他給拉了上來。

他的力氣很大，夏時初只覺一陣天旋地轉，自己便已經被反過來壓在床上。

顧箏性經驗零，一切全憑本能，他解開夏時初的衣裳，看見對方的全部。

他不是沒見過同性的裸體，他身邊大剌剌的哥兒們太多，洗澡、更衣、上廁所從不避著彼此，一直不覺得有什麼。但夏時初在他眼中就是不一樣，敞露出來的身軀纖細又骨感，精緻又白皙，即便光線昏暗，無法完全看得清楚，仍令顧箏感到視覺衝擊。

完了，我真是彎得徹底。顧箏渾渾噩噩地想。

夏時初任由他動作，只偶爾在對方有些遲疑茫然時，出聲指點個一兩句。

顧箏拆了一包夏時初遞過來的套子，用裡面的油給人做擴張。他緩緩將一隻手指擠入緊閉的穴口，淺淺抽送了一會兒後，又試探著插入了第二隻、第三隻。

夏時初輕輕喘息著，隨著他的動作不由自主地顫慄。

忽然不知碰觸到了什麼點，夏時初整個身子都抖動了一下，顧箏一愣，無師自通地找準了那一處。

「嗯……夠了……」夏時初難耐地掙動起來，「你……你快點進來……不要弄了……」

那一點掙動輕易地被顧箏摁了回去。他感受著軟嫩濕熱的腸肉痙攣著絞緊了自己的手指，只覺興奮得一陣頭皮發麻，下身硬得更厲害了。

顧箏將夏時初的雙腿分得更開，手指變本加厲地快速抽插起來。他也說不清自己確切是什麼想法，只是單純地想要看見更多、想要給他更多，每一下插弄都狠狠地疼愛那一處敏感，濕漉漉的穴口被弄得發出情色的水聲。

「你……等一下，嗯……哈、哈啊……」

顧箏的手指修長，骨節分明，且指復有些粗糙，覆著薄繭，每次刮蹭都帶給夏時初一種深入骨髓的麻癢，所有感官都被迫集中在那一處。快感不斷累積，前端的小眼開始溢出黏稠的液體，顧箏用另一手套弄了幾下，夏時初很快被推上高潮。

在夏時初雙眼失神地喘息時，顧箏終於把作惡的手指拿了出來，他把身上的衣服完全褪下，傾身覆了下來，碩大的慾望抵住了微顫開闔的穴口，緩緩挺入。汗水從顧箏的下頷滑落，恰好滴在夏時初肚臍處的凹窩上，反射出一漥晶瑩的光。

「哈……好大……」

夏時初喃喃的呻吟就是一劑猛烈的春藥，燒得顧箏理智全無。硬挺的性器破開了緊緻的腸肉，深處又濕又熱，軟軟纏著顧箏那物，讓他再也按捺不住，低喘一聲，開始一下下重重地抽送了起來。

「嗯、好深……好舒服……」呻吟被撞得支離破碎，太過強烈的刺激，使得夏時初眼眶泛起生理性的眼淚，前端也隨著撞擊不停溢出一小股一小股的清液，看起來又淫蕩又可憐。

顧箏的心中一陣熱燙，一邊動作，一邊俯下身來，深深地吻住了對方的唇。

剛開葷的年輕男人精力實在很旺盛，這一做，變換了各種姿勢，持續做到下半夜，連老司機夏時初都有點招架不住。他趴伏在床上，抖著手，摸黑點起一支菸。

一直以來，顧箏沒多喜歡菸味，然而不知是菸的種類關係，還是人的關係，總覺得夏時初身上淡雅的菸草味還挺好聞。不過，好聞歸好聞，終究不大健康，他俯下身來，親了下夏時初光裸的背脊，一面低喘著說：「你菸癮太重了。」

夏時初聞言卻是笑了一聲，調侃道：「你怎麼總像個老媽子一樣？」

他的話讓顧箏有些無奈，卻也因此而想起了什麼，沉默片刻，有些遲疑地問：「我們這樣……算什麼關係？」

不知爲何，這問句讓夏時初頓了一頓，他在黑暗中撐起身子，回過頭來與顧箏接了一個綿長的吻。親吻之間，他微笑著說：「這種時候，別問這種掃興的事情。」

他的話令顧箏一陣心涼，可又因爲親吻而一時有些恍惚。一個深吻畢了，似乎也錯過了細究的時機，讓他不好繼續纏人地追問，只好悶頭又深深挺入兩下。

「嗯……」經過太長時間的操弄，被那樣的巨物撐開來那麼久，穴口已經有些紅腫，夏時初下意識地掙了一掙。

顧箏動作就緩了下來，他對男人與男人之間的性事了解得並不透徹，有些遲疑地問：「疼嗎？」

「沒什麼，」夏時初將菸摁滅在一邊，不大在意，「我反正耐疼。」

這是他第二次這麼說，讓顧箏不免有些納悶，這人到底多習慣被弄疼啊？他搞不明白緣由，只是更放輕了動作，一面有些模糊地想著，以後絕對不會再讓他疼了。

✦

翌日清晨，顧箏醒過來時，夏時初仍然比他早起，已經穿好衣服，嘴裡咬著一支鉛筆，正坐在窗台上畫畫。

斜斜打入的晨光照亮他半邊側臉，畫面一派歲月靜好，顧箏側躺著靜靜地看他。洶湧失控的浪潮退去以後，顧箏不再覺得驚慌，胸口逐漸填滿一種釋然的安定與輕鬆，反正彎就彎了，喜歡就喜歡了，還能怎樣？他想帶夏時初一起做很多事情，想在他難過的時候擁抱他、親吻他……對顧箏來說，這些才是最重要的。

顧箏本性如此，任何問題糾結一會兒也就釋懷了，從不會往悲觀的角度去想。此時的他就像是一隻嘗到甜頭、容易滿足的傻狗，越看這人越覺得喜歡，嘴上還沒說什麼，大尾巴就在背後不由自主地越搖越歡。

一會兒後，夏時初從素描本中抬眼，正好與顧箏四目相交，愣了下，露出一個淺淡的笑容，「醒了？」

顧箏應了一聲點點頭，起身了。兩人前一夜剛有肌膚之親，顧箏還有些赧然，一邊把凌亂的床單整理好，一邊沒話找話：「那個……單人床是不是太小了，我們之後要不乾脆把兩張床併起來……」

夏時初垂下眼眸，沒有答腔。

顧箏整理好床鋪後，好奇地湊了過去，「你在畫什麼？」夏時初的素描本先前總是大大方方地隨便人傳閱，未料，這回他卻先一步把本子闔上，沒要給顧箏看的意思，只是輕描淡寫地說：「沒什麼，隨便塗鴉而已。」

顧箏有些愣怔，隱隱感覺氛圍與昨夜好像不太一樣了，不等他想明白，夏時初忽而又開口：「我想了想，我還是搬出去吧。」

顧箏一顆心頓時冷卻了下來，「爲什麼？」

「沒有爲什麼啊。」夏時初笑笑地又搬出了那一套說詞，「這本來就是你的房間，陶老闆說這幾天床位很夠，我沒必要繼續在這裡打擾。」

這些話太流於表面，並不是顧箏想聽到的。他想起來昨天夜裡，夏時初對於他們關係問題的迴避，只覺得越來越不安，艱難地開口：「我不明白，我以爲，我們昨天……」

「不管你以爲什麼，都不要太認眞。」夏時初唇角的笑意很淺，透露出一種距離感，讓人看起來覺得很陌生，「昨晚你情我願，都有爽到不就好了？何必那麼較眞，又想做了的話，可以再來找我啊。」

……不是的，我對你不只是那樣的。顧箏茫然地想。

「先這樣吧。」夏時初看了看時間，「不早了，我先出去了。」

他說完就頭也不回地推門出去，留下顧箏迷茫又失落地怔在原地。

夏時初所說的那些話，以及他陡然冷漠的態度，對顧箏而言都太殘酷了。夏時初這人家世顯赫，又比顧箏年長，且心思重，想法難以被參透，除此之外，他慣於流連輾轉於花叢之中，看似多情，實則薄情，好像從來不把什麼放在心上。

顧箏久久難以回神，難道社會人士就是這樣子？是他玩不起，是他自作多情了……但一會兒後，凌亂的思緒就漸漸冷靜下來。

這幾天發生很多事情，夏時初所有的情緒與反應顧箏都看在眼裡，他不相信夏時初從頭到尾都沒有半點真心，他覺得夏時初只是在迴避，不願意正視這一段感情。

不行，他得再和對方好好談談。顧箏振作精神，追著夏時初出去了。

接下來的一整天，顧箏一直追在夏時初屁股後面，想要和對方再好好聊聊，卻怎麼也找不到時機，夏時初要麼迴避，要麼就是笑咪咪地把話題帶開、顧左右而言他。

顧箏有些氣餒，但也沒什麼辦法。

至於夏時初，他的心情倒沒有顧箏想像中的那麼平靜。好不容易顧箏有些瀝店的工作要忙，暫時不在，夏時初才長長地呼出一口氣，神情中透露出一絲狼狽。

他心神不寧，前一天又荒唐了一整夜，現在只能說是身心俱疲，可又不想回房間。後院外的沙灘上種著兩棵棕梠樹，上面有個用童軍繩綁的吊床，夏時初遊蕩過去，懨懨地在吊床上躺下了。

盛夏的陽光明亮刺眼，夏時初抬起一隻手臂，擱在額前。他滿眼血絲，仍舊難以入眠，不知過去多久，突然聽見一旁傳來幾道有些耳熟的外國男聲。

「唷！這不是那晚在酒吧的那個……小美人嗎？」

他們說的是英文，夏時初瞇著眼扭頭一看，果然是許久之前在酒吧遇上、差點要將他撿走的三個外國人。

光天化日之下，沒有酒精作祟，三人倒沒什麼惡意，純粹感覺挺巧，又覺得他實在長得好看，便熱情地過來打招呼。

夏時初笑了笑，坐起身從吊床上下來，用英文回答：「你們待這麼久？」

「對，我們都是深度旅遊。」

「這陣子我們把所有景點都玩過了，好吃的也都吃過了，準備明天離開。」

「就是可惜了，小美人。」其中一人說著，忽然曖昧地掐了把他的屁股，對他眨眨眼，「那天沒能共度一晚好時光。」

另一人也哈哈笑著，「還是說，趁我們離開前的最後一晚，來做做上回沒做成的事情？」

換作以往，面對這種邀約，夏時初也就笑納了，根本不當一回事，然而他這會兒卻只覺得意興闌珊，提不起勁，「哦，我……」

方要找點什麼藉口婉拒時，一隻手臂從旁伸來，猛地打開那外國人放在夏時初臀上的手。

眾人皆是一驚，轉頭就見來人是顧箏。他眸中壓抑著怒火，像是一隻護食的大狗，警告似的指了指，「離他遠點！」

幾個外國人對這人還有點印象，看他一副好像吃了炸藥的樣子，都有些被嚇著了，面面相覷了一陣，忽然恍然大悟：「噢，原來你們是一對啊？怪不得……」

夏時初看著怒氣沖沖的顧箏，無聲地嘆了一口氣，「我們不是。」

「不是？」外國人瞇起眼睛，顯然不太相信，又覺得事態發展得有些有趣，便故意訕笑著問：「既然不是，那麼今天晚上我們還是可以約你一起來——」

「我喜歡他！我在追他！」顧箏直接爆炸，幾乎是大吼著說道，他音量實在有夠大聲，連周遭無關的遊客都看了過來，「我們以後會在一起！我們同婚法過了，之後還可以結婚！你們想都不要想！」

他一串話說得語無倫次、中英夾雜，即便在大庭廣眾之下也豪不退縮，看起來眞的很傻，但也很勇敢。

附近的人都露出了善意而會心的微笑，甚至還有人發出「哇喔」的呼喊聲，想給他鼓掌加油。

夏時初錯愕地看著顧箏，饒是臉皮厚如他，竟都覺得臉上冒出一股熱氣。

一會兒後，外國人總算被不友善的顧箏趕跑，圍觀的人也慢慢散去，棕梠樹下只剩顧箏與夏時初兩人。

顧箏一時沒有說話，只是垂眸盯著腳下的沙，神情有些倔強，可能覺得夏時初會因爲又被攔截了一炮而罵他。

然而夏時初只是沉靜地望著對方，終於沒再閃避，開口喚了聲：「顧箏。」

夏時初很久不曾這麼認眞地叫他名字，顧箏一頓，就聽對方又輕聲道：「你不要喜歡我。」

顧箏眼眶一下子就紅了，「……已經喜歡上了我有什麼辦法！」

夏時初看著眼眶通紅的他，只覺得心口一陣酸軟，難以再說出什麼絕情的話語。

見他似乎態度軟化，顧箏抹了把淚，試探著拉住對方的手，「你試都沒有試過，爲什麼就說不要？我不知道你爲什麼這樣，但我可以追你，也可以等你，你……認眞考慮一下我，不要躲著我，好嗎？」

面對顧箏懇切的請求，夏時初曉得自己這回已經輸了，沉默片刻後，只得啞聲道：「你讓我想想。」

只是一個模稜兩可的答覆，就讓顧箏有些高興地笑了，拉著夏時初的手搖了搖，像個大孩子一樣。

✦

自那一天開始，夏時初再沒說出什麼拒絕的話，他們的相處模式就像是一對生澀的情侶。

白天工作之餘，顧箏依然帶著夏時初四處玩耍，例如立式划槳、衝浪等等，偶爾兩人也在無人看見的角落裡牽手、接吻。

晚上，夏時初依然留宿在顧箏的房裡，兩張單人床終究還是併在了一起，他們有時親熱，有時也只是擁抱著入睡。

夏時初沒再拒絕或躲避，也沒對兩人的關係做出進一步的承認。

顧箏也不喪氣，對方不想談，他就再對人更好、更好一點，夏時初總不可能一輩子都當作沒看見、沒聽見。他就是這樣一個耿直率眞的傻小子，恨不得將一整顆赤誠的心都剖出來給人。

可是他沒有發現，隨著日子一天天繼續過下去，夏時初的話卻說得越來越少，菸癮越來越重。

一個月快到了。

夏時初此刻的思緒好像被分割爲二，一半的他不計後果地沉淪其中，另一半的他卻冷漠而抽離，冷冷旁觀著這一切。像是有兩個人格，無時不刻地在他的腦中衝著彼此咆哮，指責對方的錯誤。

心緒焦躁煩悶，導致他菸抽得更凶。他覺得自己從未擁有這樣平凡的幸福過，卻也從來都沒有感到如此疲憊與糾結過。

可能是待在顧箏的身邊，夏時初終於難得地感受到了踏實，讓他這幾日終於能睡得沉一些。

某一晚的荒唐過後，翌日清晨，顧箏睜眼醒來，非常稀罕地發現夏時初竟還未醒，正蜷縮著側睡在他旁邊，露出一截光裸的肩膀。

他無聲地笑了下，坐起身來，想把這人的手腳擺正、幫他拉好被子，於是輕手輕腳地微微揭起了一角被單。

然後他這才看到，夏時初那白皙的手臂內側，遍布著無數道縱橫交錯的、深淺不一的刀痕。

日記五

陶小妹跟我一樣，我們都有些不太好的習慣。

第一天照面的那一晚，我就看見了她手腕處的一道傷疤。

我告訴她，我能理解她。

我和她說，她有關心她的家人、有擔心她的朋友，有那麼多人會為她難過……

這樣說起來，陶小妹跟我一樣……卻也很不一樣。

# 第十一章

漆黑的酒店房間裡，二人軀體猶交疊在一起，夜深且靜，空氣中唯有肉體相撞的聲音，與黏膩細碎的喘息與呻吟。

碩大的慾望在濕軟的穴肉中一下一下地頂弄著，進入得又快又深，一雙大手帶著點力度地撫摸著夏時初的皮膚，從腰際遊走，掠過胸前與鎖骨，又觸上了手臂，而後忽然停頓了下來。

夏時初微微一顫，突然意識到什麼，想把手抽回來。

顧箏卻更用力地握住了他的手臂，另一手伸到一旁，將燈一把拍開。

亮起的燈光讓夏時初幾乎一時失明。他掙扎未果，只能任由顧箏垂眸，注視著那隻遍布醜陋傷疤的手臂。

他看得那樣仔細又安靜，場面陷入一陣窒息般的死寂，好半晌，他才沙啞地問道：

「……爲什麼又更多了？」

夏時初就像是個犯了錯被抓包的孩子，頓時覺得羞愧又心慌，眼瞳逐漸適應頭頂的燈光。他張了張口，想要辯解，視線徹底清晰時，先看見的卻是顧箏面頰上的淚水。

「你就不能……」他艱難地說著，嗓音幾乎哽咽，「你就不能更珍惜你自己一點嗎？」

夏時初怔神地望著他，一個問句浮現心頭：我到底在做什麼？

他顫顫伸手，摸了摸這人頰上熱燙的眼淚，忽然就覺得無比後悔。

不是早就決定好……不要再去招惹他了嗎？

兩年前的那個時候也是，在發現了他手上的傷痕之後，這人也是那麼難過又生氣。

「就當防曬吧，反正我比較耐熱。」

「他能懂我，你又不能。」

「沒事，我挺耐疼的。」

那時，顧箏幾乎生了一整天的悶氣，也不知是氣自己還是氣夏時初。

下午他們一起出門，傍晚歸來，並肩走在小路上時，顧箏還是悶悶地不吭聲，不過仍牽著夏時初的手。

說點什麼吧，夏時初有些出神地望著他的側顏，心想：只要你一句話，我就拋下一切，跟著你走。

他的心聲沒有被上天聽見，顧箏一個字還沒說，卻忽然猛地抽開了手。

夏時初一怔，往前方看去，就見陶郁齊和陶郁安正從前方遠遠地走來，前者衝他們喊了句：「你們快點吧！晚餐要開飯囉！」

「好！」顧箏不大自在地喊回去，而後先一步往前走去。

夏時初在原地頓了一會兒，只覺被鬆開的手空落落的，好像還能感受到方才的餘溫，卻也很快就消散在晚風之中。

也對，他這麼好，大家都喜歡他。他還能回頭，沒必要和自己這樣的人……牽扯不清。

他佇立半晌，才慢慢地邁開步伐。

顧箏與陶郁齊走在前面說著話，陶小妹則有意地落後，逐漸走到夏時初的身邊。

夏時初對她笑了一下，「怎麼了嗎？」

「……我哥沒看到，但我看到了。」陶小妹神情語氣都有些僵硬，卻仍直白道：「還有你們前幾天在屋子外面接吻，我也看到了。」

夏時初面上笑意淡了一分，「嗯，所以？」

「你們、你們怎麼能這樣？」陶小妹眼眶漸漸紅了，語氣又氣又急，「你們都是男的！這樣……這樣太奇怪了，太噁心了！這是不對的！」

顧箏與陶郁齊先一步進屋了，夏時初則停下腳步，靜靜等著陶小妹說完。

陶小妹見他不答腔，也不知聽沒聽進去，只覺得更著急了，亂七八糟地繼續說：「顧箏他家裡就他一個獨生子，他父母都很愛他，以後、以後是要娶妻生子的，怎麼可能眞的跟你在一起？而且他以前明明也最煩這個！爲什麼忽然變這樣——」

陶小妹的話聲逐漸減弱，只因夏時初的神情實在太過蒼白，蒼白到令人心生不忍。她微微愣住，忽然因爲自己的私心而感到一陣羞愧。

「對不起，我只是……只是……」她半天也解釋不出來，又問：「你……你在生氣嗎？」

「沒有。」夏時初抿起一個淺淡的笑，輕聲道：「我覺得妳說的很有道理。」

聞言，陶小妹一怔。

夏時初兀自轉向了另一邊，看都不再看她一眼，「妳先回去吧，我想……抽根菸。」

這菸一抽就抽了半小時，天色徹底暗了下來。

進屋去時，大伙都還在餐廳吃飯，大電視播放著新聞，伴隨著聊天喧嘩聲，熱熱鬧鬧的，卻不見顧箏人影。

夏時初還沒問什麼，陶老闆看到他，走過來重重拍了下他的肩膀，笑道：「恭喜啊！你也太見外了，都沒聽你提起過！」

旁邊一些教練與員工，聽見這話也附和了幾句，紛紛道了好幾聲恭喜。

陶夫人見他面有茫然，微笑著解釋：「大家剛剛都看到新聞了——你要結婚啦？哎呀，我看那個周家的千金好漂亮，你們眞是登對。」

夏時初忽然如墜冰窖，整個人幾乎都在發抖，喃喃問道：「……大家？」

「對啊，我們正好開電視。就前兩則新聞而已，說月底周家的家宴上，你們會再正式宣布訂婚……」

「顧箏呢？」

「他也在啊。」陶老闆環顧四周，「咦，人呢？剛剛不還在的嘛……欸？小夏你去哪裡？」

夏時初這人慵懶閒散、慢條斯理慣了，好像永遠都沒有什麼能讓他著急，此時他卻發瘋似的一路狂奔，去到了顧箏的房間。

他邊喘邊急切地敲門，遲遲等不到回音，索性直接一扭門把——門還真的沒鎖。他一怔，連忙推門走了進去。

房內只開了玄關的小燈，光線有些昏暗，顧箏就坐在床緣，動也不動，只是陰陰沉沉地朝他望了過來，眸光冰冷。半晌，他沙啞地問道：「好玩嗎？」

顧箏在這半小時間想了很多事情，從他們最初的相遇，想到而今的局面，再想到夏時初這幾日以來，都是避而不談情愛的態度，越想一顆心就越是發冷。其實夏時初本就是這樣的性格，從未遮掩，對他來說，他們之間可能也是一場遊戲而已，本就不是什麼大不了的事。

分明就是自己一頭熱地栽進來的。顧箏理智上想得相當清楚，可感情上又不願意接受，仍懷有一絲奢望，希望夏時初能出聲否認，能給出一個合理的解釋，只要他開口，不管是什麼，他都能試著相信。

然而，夏時初與他對望半晌，卻只是說：「……對不起。」

急喘的呼吸逐漸平復，他看著顧箏冰冷的眼眸，原有的一腔驚慌失措，竟也忽然冷靜了下來，思維逐漸變得通透，通透得特別清醒又殘忍。

「你不是恐同嗎？」他站在那裡，面色平靜，「我沒有想到……你真的會喜歡上我。」

顧箏的身軀開始發抖，像是猶在做著最後的掙扎，喃喃道：「你明明說過……你說你對女的沒有興趣……」

「人生都是這樣的啊。」夏時初的語氣很輕，且毫無起伏，如同在說一件沒什麼大不了的事情，「總是……得有一些妥協和不完美。」

他就那樣輕描淡寫地承認了，一句否認或辯解都沒有。

顧箏忽然就崩潰了，如困獸一般，理智全面崩塌，眼眶立刻紅了。他猛地站起，一把將夏時初整個人扯過來，狠狠地摔在床上。

衣衫被粗暴地扯開，白皙姣好的身軀敞露出來，顧箏的雙唇向下，在咽喉、頸側、鎖骨、乳尖一路舔舐啃咬，每一個咬痕都帶著恨意，幾乎見血。

夏時初沒有退避，只是不聲不響地承受著。他的視線落在上方空氣中的某一點，又似乎根本沒有對焦，一雙黑眸沉靜如水，波瀾不興，彷彿沒有任何東西能夠令他動容分毫——包括眼前的這人。

顧箏的所有動作，都在對上那一雙平淡的眼眸時驟然停下。他像是站在一堵厚實的冰壁之前，傻傻地撞得頭破血流，才明白過來，自己是真的束手無策，這人遊戲人間，心牆高築，而原來他也始終不曾走進去過。

一陣死寂過後，顧箏忽地低低地笑了。

「你贏了。」他說，「你贏了。」

語畢，顧箏抽身離去，再沒有回頭看他一眼，甩門走了。

夏時初則如一灘爛泥，平攤在顧箏的床上，動也不動。

如果能融化在這裡就好了，如果能就這樣子消失不見，那就好了。他在這片漆黑中心想。

✦

打工換宿的第三十天，夏時初離開了。

他與陶家人和眾多員工們一一笑著道別，狀若無事，陶小妹也在其中，面色複雜，一度欲言又止，最終只是悶悶地說了聲再見。

陶夫人環顧四周，始終沒見顧箏的身影，有些譴責地說：「顧箏那孩子，不知道怎麼回事。我叫他來送送你？」

「不用了。」夏時初淡笑著道：「你們保重，我走了。」

說罷，他轉身就走，如同來時那般，隻身一人地來，隻身一人地走，邊走邊撥通了許謹文的電話，「文哥。」

「嗯？」

「我們回去吧。」

「好。」許謹文從他的語氣中聽出一點異樣，「你怎麼了？」

「沒怎麼，」夏時初輕聲地說，「就是……有點累了。」

一番舟車勞頓，傍晚時他們終於回到了台北。

夏時初卻沒有直接返回夏家，反倒在附近酒店開了個房間，一進房，就重重地倒到床上。

三十天猶如大夢一場，他像是終於筋疲力竭，又像是想逃避現實中的種種一切，這一睡，就睡了一天一夜。

到了第三天，他睜眼醒來，渾渾噩噩的眸光終於沉澱下來，彷彿想通或者做了什麼決定。

他起身打理好自己，退了房，驅車回到夏宅。他的車是他二十歲那年，父母送的生日禮物，一輛紅色的保時捷，送禮人的名義是父母，但事實上從挑選到購買，經手的人都是許謹文。

他停好車，從車上下來，回頭在這張揚如火的車身上拍了一拍，輕輕說了聲：「再見。」

今天是週日，夏女士難得在家，不過仍公務繁忙，正在寬敞的書房裡處理著公文。夏時初敲門進去了。

夏宛君抬眸看他一眼，視線便又落回公文上，只冷冷淡淡地問了聲：「回來了？」

她四十多歲，保養得宜，妝容講究，眉目與神態顯得滄桑又孤傲，總端著一副極其冰冷而難以接近的模樣。

夏時初立在她桌前，看她片刻，直接說了：「我不會和周小姐結婚。」

夏宛君筆下一頓，這才抬起臉來，不當一回事地道：「這件事情，我以為我們已經達成共識了。」

「是，可我反悔了。」

「你有什麼條件就說吧。」

「沒有條件。」夏時初失笑，「什麼條件也沒用，我不和她結婚。」

夏宛君與他對望一會兒，冷冷地問：「為什麼？」

「因為我不喜歡她。」

夏宛君將筆一扔，嗤笑了一聲，像是有些不屑，「周家家大業大，這是一場商業聯姻，原本就與喜不喜歡無關，婚後你要繼續去外面胡搞也沒人會理睬你。周小姐都懂，你卻不懂？」

聞言，夏時初又笑了一下。他氣色其實並不好，看起來依然有些疲憊與憔悴，但那笑容卻像是放下了一個沉重而長久的包袱，帶著一種釋懷的輕鬆。

他沒再說話，只是開始兀自掏著東西。他上前一步，將一串鑰匙、皮夾裡的三四張信用卡，乃至於手腕上的名牌手錶，一樣一樣全都擺到了辦公桌上。

夏宛君終於意識到了事情的不尋常，「你做什麼？」

「我聽妳的話，不是因爲我無法獨立，也不是因爲認同妳。」夏時初把東西放下，直起身來，「只是因爲……我覺得妳很可憐。」

夏宛君怔住了，同時忽然頭一次察覺，這個她幾乎不曾正眼看過多少遍的孩子，竟已經長得這麼高大了。

「我怕我走了，妳身邊……就眞的一個人也沒有了。」

在夏宛君錯愕的目光中，夏時初退後幾步，再次隔出一個客氣又疏遠的距離。

「可是，比起成爲一個妳所謂的沒有價值的人，」他唇邊抿著一個近乎於憐憫的淺笑，輕聲說：「我更不想成爲妳。」

孤獨一人，沒有人愛妳，摘除掉那些光鮮亮麗的頭銜與名片之後，一無所有。

「我有能做的事情，有想做的事情。」他直直望著他的母親，最後說道：「從今以後……我不會再爲妳而活。」

夏時初離開以後，夏宛君其實沒有太大反應，依然批她的公文、蓋她的印章，直到天色漸暗，才捏了捏發痠的肩頸，打算下樓去廚房倒杯水喝。

但當她站在富麗堂皇的樓梯間，往下望著空蕩蕩的廳堂時，卻不自覺地停住了腳步。她冷情冷心，高傲強勢慣了，明明早已習慣自力更生，這會兒又忽然覺得這個宅邸似乎太大了，冷冷清清的，毫無人味。

她汲汲營營了大半輩子，終於頭一次捫心自問：我究竟得到了什麼？

✦

夏時初幾乎將所有身家都還了回去，就連這幾年在夏氏上班領的正當薪水也沒留，只留了一本沒什麼在用的窮酸帳戶，裡頭只有他大學時期，多次繪畫比賽得到的獎金。他打開存簿一瞧，不多不少，十萬元左右。

他想了想，直接上網訂了飛往冰島的機票，秋天來臨時一個人靜悄悄地啓程了，於倫敦轉機一次，最後終於降落在雷克雅維克。

九月正好開始進入極光季，不過也不是隨便就能看見，還得配合各種天時地利，全看人品，好在夏時初自覺時間很多，並不著急，慢悠悠地開始環島。

他甚至也不是自駕遊，而是像個租不起車的窮酸學生一樣，毫無計畫，徒步前進，時不時遇上好心的旅人，就搭上一程便車，去往下個景點。

冰島並不似其名，滿地是冰，只在極北與高山有較多冰川，除此之外則非常繁茂且充滿生機，處處都是一望無際的植被草原，連綿一整片金黃秋色，偶爾穿插著剛過季的魯冰花。能行駛的道路幾乎就只有一條，又長又筆直，宛若延伸到地平線的那一頭去。

冰島人說的是冰島語，但夏時初沿途遇上的遊客與外來人口幾乎比冰島人還要多，因此大多時候用英文都能通。他又一次告別一位好心司機後，在一處較爲空曠偏僻的矮房民宿中住下，而後開始了等待極光的日子。

顯然他人品不夠好，有時是天不夠黑，有時是雲層太厚，一連三四日也沒見上所謂的極光。

他也不著急，又拿出那本素描簿，無聊時就畫畫，或者寫寫日記，記錄著這些天見過的人文和風景。這一處人煙稀少，他幾乎有好幾天都沒開口說上一句話。

第六天，他在窗邊睡著，夜裡被一陣冷風凍醒。

他睜開眼來，忽然一怔，匆匆忙忙地起身走到了屋外，就見黑沉沉的夜空中，青綠色的光幕如一條鋪開的緞帶，高懸在繁星之間，那麼盛大又壯麗，夢幻的藍紫色點綴其中，如被風吹動一般，若有似無地緩慢飄動著。

夏時初立在夜色之中，因爲此景而內心震動。他應該要感到欣喜，仰頭怔怔注視片刻，卻流下了兩行眼淚。

一股壓抑在極深處的負面情緒忽然再也控制不住，幾乎讓他一時感到難以呼吸。

他又冷又累，頭暈目眩，哆哆嗦嗦地回頭在房間翻找出一把小刀，抖著手在手臂上劃下了幾道新的刻痕。血珠又一次湧出，痛意讓他終於能夠鎮靜且清醒，然而隨之而來的，是更加深切的負罪感。

眼淚流得安靜又無聲，因此無人知曉，在這一片炫目的極光下，某一個角落，有人正在這片孤獨的大地中俯身痛哭。

✦

正好在夏時初回國以後的兩年間，國內外都報出了許多大新聞。

第一則新聞，是一位趙姓物理老師，被十一名高中女生聯合指控性侵害，從撫摸、言語騷擾，到指入、性交……各式指控都有，罪證確鑿，已遭逮捕起訴。

此事從報出來到結案，願意站出來的受害人越來越多，成爲國內史上受害人數最多的性犯罪事件，性質非常惡劣，甚至連幾年前一位跳樓少女的新聞，都再次得到關注。

連帶影響的還有趙老師的岳父——某位知名議員。雖然他第一時間就匆忙撇清關係，聲稱自己當初幫女婿說話時，並不曉得這人如此人面獸心……但無論他如何辯解，名聲終歸還是跟著一落千丈，仕途堪憂。

第二則新聞，則是夏宛君與蘇品晗終於宣告離婚。

小道消息指出是夏宛君提出離婚，也不知是因爲什麼而忽然想開了，蘇品晗因此還分到不少財產，夏氏集團的股價甚至因此而慘跌。雪上加霜的是，後來全球疫情爆發，經濟退縮，旅遊業首當其衝，夏氏尤其受到重創，至此終於跌落神壇，不再是國內第一大集團。

然而這些事情與脫離夏家的夏時初並沒有太大關係。

從冰島回國以後，夏時初找上了昔年恩師，重新提起畫筆，像個初入社會的新鮮人一樣，回頭追逐起當年未曾完成的夢想，直到今天。

大清早，依然是夏時初先醒來。也不知是心虛還是怎樣，他偷偷摸摸地下了床、穿好衣服，一點也沒驚動顧箏，逃亡似的從酒店房裡溜走了。

剛走出建築，夏時初才想著招輛計程車回美術館，卻先看見了等在不遠處的許謹文，愣了愣，「文哥？」

許謹文什麼都沒問，只是點點頭，比了比身後的轎車，「上來吧，我送你。」

車子開上馬路，夏時初坐在副駕，好奇地問：「文哥，你怎麼來了？」

「剛好下來出差，就順便看看你。問了你們活動助理，說你們昨晚在這裡留宿。」

夏時初「哦」了一聲點點頭，「公司都還好嗎？」

「還過得去，不用擔心。」

「那就好。」

「你呢，過得好嗎？」許謹文看他一眼，注意到什麼，目光停留在頸脖處的吻痕上。他握著方向盤的手緊了緊，面上仍不動聲色，「我聽說，你們以後打算開一間畫廊？缺人手的話，我讓小七過去幫你。」

「小林子啊？可以啊，那先謝謝了，不過還早，八字都沒一撇呢。」

「嗯，到時候還有什麼需要幫忙的，你就告訴我。」

夏時初笑了笑，「其實我都挺好的。文哥，比起這個，還是麻煩你多照看一下夏女士吧。」

「她是我老闆，應該的。」

車子在美術館旁的路邊停下，夏時初道了謝，正想開門下車，許謹文忽然出聲叫住了他：「時初。」

夏時初一愣，回過頭來，與許謹文對上了眼。

「當年是我太懦弱。」許謹文的手伸了過來，輕輕觸上夏時初的面頰，「我太年輕，手上什麼也沒有，所以沒有抗爭的勇氣，我很抱歉，那時候……我是很想陪在你身邊的。」

那是太久遠以前的往事了，聽他這樣突然提起，夏時初都有種恍若隔世的感覺。也是此時他才忽然發現，其實少時那些怨憤和委屈，如今的他已經很少會想起了。

「都過去了，文哥，我早已經不怪你了。」

「是嗎？」見他如此心平氣和，許謹文不禁微微愣怔，甚至有種悵然若失的感覺。他不死心地又問：「既然這樣，我們之間……還有沒有重來一次的機會？」

夏時初沉默片刻，輕輕推開許謹文的手，「抱歉。」

許謹文深深地看著他，「我們認識了這麼多年，我幾乎看著你長大，沒有人比我更理解你。」

他的語氣並不激烈，只是在陳述一個事實，而事實也確是如此，他清楚夏時初的所有際遇，看過夏時初所有糟糕的時候。他看著夏時初翹家、抽菸、酗酒、約炮，從來不曾因此眞正地責罵或鄙夷他過。

「你說的對。」夏時初笑了笑，「但那不是我想要的。」

因爲許謹文這人理性又節制，他太過了解他……也太過體諒他了，而夏時初想要的並不是一個總是全盤寬容他的人。他更想要的，是一個能夠衝著他罵罵咧咧，一面拉著他從泥沼中走出，領著他去看見陽光燦爛的……那樣的人。

「有那麼一個人，他總有著孤注一擲、破釜沉舟的勇氣。他敢在大庭廣眾下出櫃，像個傻子一樣大聲嚷嚷著說喜歡我，好像怕旁人聽不到一樣……他比你我都勇敢多了。」夏時初輕聲道：「從那之後，我的眼裡就再也看不見別人了。」

在許謹文悵然的目光中，夏時初繼續說了下去。

「文哥，你對我很好，我一直都很感謝你，也願意繼續喊你一聲哥。可是……抱歉，我們不適合。」他笑了笑，「我已經走出去了，文哥，你也別一直被困在那裡。」

車內安靜了許久，半晌，許謹文點點頭，壓下了心中苦澀，很紳士地回應：「……我明白了。還是一樣，如果有什麼事情，隨時可以找我。」

夏時初下車了，又回過頭來，愼重地說：「文哥，謝謝。」

許謹文看他良久，而後釋然一笑，開車走了。

夏時初一面走進美術館，一面還在心有餘悸地想：嘖，這兩天簡直就是一團亂。

而這陣混亂顯然還未結束，才走幾步，夏時初的手機忽然響起，他沒想太多就接了起來……下一秒，他的臉色驟然刷白。

✦

顧箏睡醒時，夏時初已經不在了。

這人好像總是這樣，就像是一隻貓，安靜、優雅又難以捉摸，單方面地以爲自己和他已經親近，下一秒便又從身邊溜走了……捉也捉不住。

他坐在床上，一副宿醉模樣，頭痛欲裂。他渾渾噩噩地起身盥洗，穿戴整齊後出門，正巧在一樓早餐區碰到了杜哲彰。

他立刻臭臉，但此胖子顯然不大識相，偏要往他眼前湊，嘿嘿笑得一臉賤樣，「小顧總，早啊，昨天晚上玩得還開心嗎？」

顧箏不理他，他還沒完沒了，叨叨絮絮地問個沒完。煩到顧箏終於受不了了，壓著火氣道：「關你什麼事？你和他又是什麼關係啊？」

杜哲彰被他的怒火與敵意嚇了一跳，呆怔片刻才想通了什麼，忽然捧腹大笑，幾乎都笑出了淚花，才拍了拍顧箏的肩膀，「唉，雖然不曉得你爲什麼會有這種念頭，但你要知道，這世上有個眞理永遠不會變——兩個零號在一起是不會幸福的。」

顧箏直接傻掉，終於後知後覺地意識到自己可能誤會了什麼，整張臉都慢慢漲紅了起來，乾巴巴地說：「那你們……」

杜哲彰笑著回答：「我們啊，是高中同學，認識很久了。」

「你不是比他年紀還大嗎？」

「嘿！你們直男果真是哪壺不開偏要提哪壺，我留級了兩年，才剛好跟他在同一屆。」

「……哦。」

杜哲彰又嘖嘖道：「你對他的誤解可眞深。你們昨晚難道不是一起過的嗎？這做著做著，竟然都沒做出一點愛來啊？」

顧箏覺得聽這人講話實在很汙染耳朵，不過仍是勉強答道：「有愛又能怎樣，他不都結婚了嗎？」

「結婚？」杜哲彰愣了愣，意識到了什麼，面上浮現不可思議，「……嘿，你不知道？你都不看新聞的啊？」

顧箏只知道夏宛君離婚的事情，除此之外還眞沒聽到過什麼其他的消息。他微微一怔，就聽杜哲彰繼續說了下去。

「那門婚事是長輩安排的商業聯姻，夏時初兩年前就推了，爲了這個，與夏家都斷絕來往了。」杜哲彰吃驚地看他，「我以爲他這樣做都是因爲你，結果你竟然說你不知道？」

顧箏腦海忽然一片空白，整個人都凝住了。

見他確實是一問三不知的模樣，杜哲彰想了想，又道：「不過也對，那門婚事就是不了了之，加上夏家和周家都想壓下消息，所以沒有被大肆宣揚。尤其那陣子都在瘋狂報導夏總離婚的事，根本沒幾個人注意到這個。」

說到這裡，杜哲彰恨鐵不成鋼地嘆了口氣，「算了算了，他這小子啊，矛盾又彆扭，有些事情沒人替他說，他大概永遠也不會主動開口。

「其實當初我也是看在他的面子上，才給你利率優待。他待你是眞的挺好，從沒見他把誰這樣放在心上……可你這人到底有什麼特別？我問了他好多遍，他才勉強說了句，說你和我們這些人不一樣。

「我就好奇了，是怎麼個不一樣？

「第一次見到你，那時候我就想，嘖！可不是不一樣嗎？」他忽然拍膝狂笑，「你這傢伙眞是窮得要命！和我們哪裡能一樣？」

……媽的，好想扁他。顧箏拳頭都硬了下。

杜哲彰笑完，又繼續嘆道：「其實夏時初這小子，和我們也不一樣。」

他開始追憶高中時期的往事。

夏時初最一開始其實挺乖、挺安靜的，不怎麼愛搞事，只是班上富二代不少，久了還是混到了一起，偶爾也會被拉著翹課。

有天他們翻牆出去，正想尋歡作樂，卻在一間會所門口被教官抓個正著。

「我們那時候還未成年嘛，事情可大條囉，被逮回學校，當場就說要叫家長。」

而後杜母先來，劈頭蓋臉將杜哲彰臭罵了一頓，差點要把他耳朵給擰下來，說他年紀輕輕就不思進取、沉浸聲色云云，其他幾位同學的家長也都差不多。

夏宛君是最後來的。和其他家長的畫風截然不同，她的反應冷淡得多，只是上下掃了夏時初一眼，冷冷地說了一句：「你不愧是他的種。」

杜哲彰長吁短嘆道：「哇，我那時候就覺得神奇了，世上竟然還有這樣的父母？」現在這樣一想，這件事也許就是個轉捩點，夏時初約莫就是在此之後才越發隨波逐流、同流合汙，一路越走越偏。

「後來我才知道得更多……他的父母啊，都是瘋子。」

在夏時初相當年幼的時候，這對夫妻便已勢如水火，根本不想看見彼此。夏宛君索性天天加班到深夜，最終睡在公司，蘇品晗則是一天到晚找人開房，夜夜笙歌。

夏時初從小就經常被孤零零地留在偌大的家裡。

「從他記事以來就是這樣，沒人掛心、沒人在意，父母久久回來一次，也都只是在吵架摔東西，蘇品晗那垃圾更離譜，有時甚至還帶著情人回家。夏時初其實很早就在看心理諮商了，但他的家人誰也不知道……」

隨著杜哲彰的話語，顧箏終於逐漸能夠窺見、讀懂夏時初這個人的內心，卻也並不為此感到高興，只覺一顆心像是被無數根細刺扎入，密密麻麻地開始抽疼。

「他從小缺愛，厭惡他的父母，也厭惡自己，既渴望愛情，卻又不相信愛情。」杜哲彰笑嘆口氣，做出了最後的結語，「他這個人啊，一生都活在矛盾裡，像你這樣的直男，大概給不了他足夠的安全感。」

接下來的這段路，顧箏幾乎不曉得自己是怎麼走的，回過神來時，人已經站在了美術館門前。

他掏出前一天買的票，重新進場，失魂落魄地來到夏時初的作品之前。

第一幅是那張〈桃花源〉，再往旁邊走，第二幅畫的是人群，還有矮桌、板凳、爐火、樂器……看著有點像是在陶家烤肉的那一夜，人們聚在一塊喧嘩談笑。

明明是這樣一副熱鬧的景象，色調用得卻非常冷，畫面抹糊又抽離，顧箏看了眼小牌子，這幅畫的名字被取作「孤獨」。

顧箏抿起唇，一幅一幅看過去，接下來的多半是風景，有火山、有瀑布，也有冰河湖。他一連看了兩三幅才發現這些景點全在冰島，第六幅畫的甚至是夜空中的極光。

他有些訝異，連忙低頭看看說明牌，極光的畫名被取作「夢想」，後面還有一些創作時的靈感與註解。

他繼續讀了下去，只見第一句就寫著——我剽竊了他的夢想。

日記六

我剽竊了他的夢想。
等待極光其實是件很寂寞的事情，寂寞又寒冷，每天都很難熬。
但因為是他的夢想，又讓我有種虛妄的錯覺……覺得好像離他近了一些。

# 第十二章

顧箏站在〈夢想〉之前，久久說不出話來。

片刻後，有道身影緩緩來到他的旁邊，「他現在作品的風格變了很多。」

轉頭一看，正是高瑋杉。

「他大學時期也畫得很好，但用色晦暗，意境混亂，和現在截然不同。」高瑋杉含笑著說：「我問過他，他說，有人拉著他看了很多風景，帶著他重拾生命的熱情。他開始能夠與自己和解，因爲那個人，他眼中的這個世界，終於有了一些它該有的色彩。」

說著，他伸手指了指盡頭處的最後一幅畫作。

顧箏的心臟逐漸狂跳起來，他恍惚地幾步走近，轉到了畫作的正面——終於在那畫上看見了自己。

那是一幅足比人高的巨大人像畫，背景是一片璀璨星空，畫中央的顧箏轉首望來，點點星芒點亮了他夜色中的面孔，畫面看起來沉靜、溫柔而安定，微張的雙唇像是在笑，也像是在訴說些什麼，又像是噙著一曲恣意歌謠。

那畫像太過細膩且逼眞，周圍有二三名路人也發現了什麼，面露訝異，視線在畫作與顧箏面上來回梭巡了好幾輪。

這幅作品的名稱是「追逐極光的人」。

「我問他，那人是誰？」一旁的高瑋杉看著他，「他說，是他喜歡的人。」

顧箏終於紅了眼眶。

高瑋杉了然地笑笑，勸道：「去找他吧。」

顧箏快步穿梭在美術館中。夏時初是工作人員，理應會待在館內的某處，但他繞了幾圈，怎麼也找不到那個人影。

他急躁地摸出手機，點開通訊錄時才想起來，兩年前他早就將這人的電話刪了，什麼也沒留。一遇上這人的事情，他就永遠還像是當年那個無能爲力的傻小子。

他胡亂地繞，什麼也沒找著，最後又繞回到了夏時初的畫作旁邊。

他看著那些孤獨的作品，眼眶又是一酸。他又急又無力，狠狠抹了把淚，忽然拿出了張便條紙，匆匆寫下幾字，一把貼在了畫作的右下角。

手機恰好震動了起來，顧箏低頭一看，只見螢幕顯示來電人是陶郁齊，這才想起來，總還是會有人有夏時初的電話的。

「喂？郁齊，你來得正好，我想問……」這問句最終沒來得及問完，只因陶郁齊先他一步說了什麼，以至於顧箏整個人都僵住了，喃喃道：「……你說什麼？」

當日下午，顧箏終究還是見到了夏時初——在陶夫人的告別式上。

兩人都搭車又搭船，風塵僕僕地一路趕過來了。夏時初比他還早到，穿著一身黑色西裝，此時已經站在會場裡面，陶老闆正在和他說些什麼。

葬儀社的工作人員幫顧箏戴上了胸花，領著他上前拈香。

禮堂前方擺著陶夫人生前的照片，面上的微笑仍是那麼溫柔，棺木擺在後方，陶郁齊與陶郁安就站在那處守著，前者面色憔悴，後者眼睛紅腫，像是剛剛才哭過。

顧箏看了看他們，又回來看著相片，想道：阿姨，您辛苦了，您安心地走吧，大家……都會好起來的。

他在心中與陶夫人說了一會兒話後，才往夏時初那邊走近，靠近時正好聽到陶老闆的聲音。

「……沒關係、沒關係，小玫她啊……走得很安祥，沒有什麼痛苦……」

可能是夏時初的面色實在太過慘白，陶老闆竟是反過來在安慰他，嗓音沙啞道：「生命就是這樣子啊，總是要分別的……」

陶老闆回過頭來，正好看見顧箏，兩人略一點頭致意，而後有工作人員來找陶老闆，他便跟著對方離開了。

一時剩下顧箏與夏時初並肩而立，遠遠望著陶夫人的遺照。

「我以前問過陶阿姨……」夏時初發怔半晌，忽然開口：「她跟我說，她只是腰疼，只是……小毛病而已。」

顧箏這才意識到，夏時初對此一無所知，他們其他人其實都早有預料，只有他是完全沒有心理準備的。

「兩年多前就診斷出來了，」顧箏低聲解釋：「是卵巢癌，發現的時候……就已經是末期。」

夏時初閉了閉眼，心想：原來是這樣。

他終究只是一個外人，當然不會有人向他詳述這種事情。其實所有人都說過，說陶夫人身體不好，只是陶夫人總是那麼開朗，以至於他從來不曾有所懷疑。

眼前的畫面似乎有個黑點，讓他開始有些看不清遺照，喃喃道：「……我很喜歡她。」

「我知道。」顧箏拍了拍他的背，嘆息著說：「我也很喜歡她。」

二人一時陷入沉默，顧箏端詳他一會兒，覺得他的臉色實在蒼白得有些過分，忍不住又問：「你還好嗎？」

夏時初卻沒有答話，視線中的那一塊黑點正在逐漸地暈開擴大，周遭的聲響似乎離他越來越遠……失去意識以前，他好像聽見了顧箏的喊聲，驚慌而緊張，但也可能只是錯覺。

睜眼醒來時，夏時初首先看到的，是牆上一隻巨大的鯨魚圖鑑……是陶家，顧箏的房間。

這兩年來，夏時初幾乎畏於想起昔日時光，以至於從來不曾再訪過陶家，這會兒陰錯陽差，又躺回到了這張床上。

四周擺設毫無改變，兩張單人床也依然併著，沒被分開，他躺在那裡，一時幾乎有種奢侈的錯覺，覺得自己還身處在那一年的盛夏中，還在他們最好的那個時候，好像這兩年的分別，其實並沒有發生過。

黑色的西裝外套已被脫下，疊得整整齊齊，放在旁邊的矮櫃上，窗外暮色四合，已是傍晚，且挺安靜，顯然告別式結束了，大概已經出殯了。

夏時初側臥著，有些出神地盯著那一隻鯨魚。

直到房門被人推開，顧箏端著一碗什麼走了進來，見到他醒來，忙道：「你有點發燒，先把這個吃了，再吃一顆退燒藥……」

夏時初撐著身子坐起，愣愣地接過了顧箏遞過來的碗，低頭一看，是一碗清粥，裡面有細碎的蛋花與青蔥，溫度正好，不會太燙。

夏時初安靜片刻，忽然問：「不會是你煮的吧？」

「……是我煮的。」顧箏有點尷尬地多解釋了句：「你不舒服，先吃點清淡的。」

顧箏獨立愛漂泊，因此各種生活技能都不錯，廚藝自然也還行。但這會兒面對此人，他仍有些忐忑，好像深怕遭到嫌棄或抗拒。

夏時初倒是沒多說什麼，只是乖乖垂頭，一勺勺吃起了粥，最後把一整碗都解決得精光，而後吞了顆藥，又懶懶地躺下了。

「你現在感覺怎樣？」顧箏坐在床緣看著他，怕他積食，試探地問：「要不要起來走走？」

「累。」

聞言，顧箏也沒再勸，只是起身把空碗收走了。

夏時初其實已沒有多少不適。他大概只是疲累，又一時心緒動盪，加上一整天匆忙奔波都忘了要進食，才忽然沒支撐住，現在其實已經緩過來了，他卻不太想起來，翻了個身，面向牆壁那邊，睜著眼發呆。

他覺得，無論如何顧箏果然依舊是個老好人，見他不舒服，都能不計前嫌地照顧他、讓他躺在這裡。也不知道這一分溫情，在他起身以後還會不會存在，索性就繼續這樣躺著吧。

顧箏把碗收拾好，沒五分鐘就回來了。

夏時初動也沒動，只留給他一個冷漠的後腦勺，繼續裝死，卻忽然感覺到身後的床微微下沉。

他有些僵住，發覺顧箏竟也上床來了，側躺在他身後，兩人貼得極近，他整個人幾乎都靠在對方的懷裡，隨著顧箏的呼吸，依稀能感覺到胸廓的一起一伏。

一隻手從後面伸過來，碰了碰他的額頭，像在測溫度，完後也沒有收回，而是虛虛地擱在他身上，就像是從身後擁著他。

夏時初終於忍不住了，「你幹麼呢？」

顧箏頓了頓，仍是沒動，反問了句：「你沒睡啊。」

夏時初有些無力地笑了一聲，「睡了也被你嚇醒了……」

他就是隨口一說，沒有要嘲諷什麼的意思，顧箏聞言卻沉默了好一會兒，才忽然道：「對不起。」

夏時初想著嚇醒就嚇醒，不至於這麼嚴肅地道歉吧，就聽顧箏繼續說了下去：「我先前……說過很多氣話，那都不是真心的。我只是……太害怕了，怕追不上你，你總像是離我離得很遠，我怕我……抓不住你。」

夏時初愣神片刻，才輕聲地問：「誰和你說了什麼嗎？」

「杜經理，還有高老師……我還看見了你的畫。」顧箏微微低頭，將臉埋在夏時初的後頸，聲音悶悶地傳出來，「對不起，我……太傻了，沒能足夠了解你。我很笨，你那些故意激我的話，我根本分不出來是真是假，很多事情，其實你可以坦白告訴我，只要你願意說……我都會聽。」

夏時初感受著後背傳來的溫度，沒再答腔。

二人睽違兩年，終於能心平氣和地相依偎在一起。

顧箏從身後摟著他，一隻大手按在他的手腕上，無意識地摩娑著其中一道較寬的疤痕，帶來一陣輕柔的癢意。

也許是真的把對方的話聽進去了，夏時初出神地望著顧箏的手指，忽然開口：「你摸的那個……是我高三的時候弄的。」

那也是他第一次拿起刀。

事情與夏時初的爺爺有關。當時夏老爺子剛將公司交給夏宛君，決定休生養息、退居幕後。老爺子上了年紀，一清閒下來，就開始想東想西，覺得自己一生忙於工作，難免有些冷落了親情。

眼看夏宛君已大，關係不大好補了，就把視線移到了唯一的孫子，夏時初身上。

這一關注就不得了了，他發現夏時初年紀輕輕就酗酒、抽菸又天天晚歸，成日不學無術，和一群紈褲富二代混在一起，差點沒被氣死，乾脆就搬進夏宅，決定親自下場管教孫子。

夏時初緩慢地回憶著往事，講到這裡笑了一下，「那時候眞是天天雞飛狗跳。」

夏老爺子要是早來個三五年，夏時初八成都會很高興，覺得這個家裡終於有個人能作陪，能多出來一點點煙火氣……但那時已經太晚了。

「我已經長成一個叛逆青少年，誰來管我都聽不進去。

「我爺爺也很猛，一把年紀了，吵兩句就忍不住脾氣，總要抄棍子來打我。

「但我不懂事，偏要和他反著來。」

最後那一天，他們又是大吵一架，然後夏時初就出門了，吃喝玩樂，徹夜未歸，隔天直接去了學校。

等到他晚上回家……老爺子的屍身都已經硬了。

顧箏聽到這裡，摟著他的手臂緊了緊，「那不是你的錯。」

確實如此。老爺子畢竟年紀已大，身體有些毛病，他是夜晚在睡夢中去世的，夏時初在不在都沒有區別，就只是偏巧發生在這一天而已。

「我知道。」夏時初喃喃說道：「可是，你知道我和他最後講的話是什麼嗎？」

依然是爭吵，夏時初甚至報復性地乾脆出櫃了，古板的夏老爺子氣到不行，盛怒下打得極狠。

夏時初也被激起了血性，衝著他吼：「你最好現在就把我打死！否則我一出門就讓全世界的人都知道，你夏老爺的孫子就是個噁心的同性戀……」

一直等到老爺子入殮、火化了，這個家中再度變得空無一人，十六歲的夏時初環顧四周，才終於意識到自己失去了什麼。有生以來唯一一個，會約束他、管教他，也會在用餐時間等他回來開飯的人，就這樣沒了。

「我也不知道我為什麼要這樣做。」夏時初看著那些傷疤，輕聲說：「那時候……我控制不住。」

他只覺得自己的人生根本就是一場錯誤，覺得自己差勁又糟糕，乃至於流淌在體內的每一滴血液，都好像汙濁不堪，肺腑裡有一捲無處宣洩的漆黑風暴，脹得他不能呼吸。直到那一刀劃破了皮膚……他才終於覺得放鬆了，覺得得救了。

「不過我很久不那樣了。」夏時初像是在解釋：「就只有那一次，新的那個……是在冰島弄的。」

「為什麼？」

夏時初雙唇張了又闔，闔了又張，最後才終於說道：「……因爲我有些想你了。」

顧箏沒有再答話。

夏時初卻漸漸感覺到自己的後頸似乎被什麼潺濕。

「……你爲什麼又哭？」他失笑道：「你也太愛哭了。」

後面的顧箏依然沒有吭聲，只是胡亂蹭了蹭眼淚。

夏時初只覺一顆心又酸又軟，喃喃道：「我是一個很糟糕的人。」

「嗯，我知道。」顧箏則吻了吻他的後頸，篤定地說：「但我喜歡你。」

他們後來多請了一天假，在陶家留宿了一天。

隔日夏時初起床時，總還有一種在打工的錯覺，下意識就要去曬衣服，或者給店內的植物澆澆水。然而陶家治喪，已經店休多日，自然沒什麼潛水衣物能曬，夏時初只能又去茶毒各盆盆栽。

他蹲在後院觀察一盆龜背竹時，後面傳來一道女聲，「時初哥。」

回頭一看，原來是陶郁安。兩年過去，二八年華的少女如今已經成年，五官長開，身量抽高，脫去青澀稚氣，成爲一個更爲成熟的、亭亭玉立的女子了。

夏時初站起來，對她笑了笑，「早。」

陶郁安也回了聲早，然後試探著說：「好久不見，你……過得好嗎？」

時間確實是個神奇的東西，當年那個情緒不穩、衝動急躁的少女，這會兒竟也能這麼沉靜地和他說話了。

「挺好的。」夏時初溫和地反問：「妳呢？念大學了吧，現在讀哪裡？」

陶郁安乖乖答了，是間正經的國立大學，還挺不錯。除此之外，陶郁安還提到了高中那位好心的班長，也跟她上了同一所學校。

這兩位女孩從兩年前那場風波過後，就漸漸變得熟絡，幾乎可以算是陶郁安在班上交到的第一個朋友，兩人一直到現在都還是好姊妹，常有往來。

然後也聊到了陶郁齊，他已經研二，不出意外的話，這一學年結束，就能拿到碩士學位了。

夏時初一一聽罷，點點頭，「都滿不錯的。」

陶郁安靦腆地「嗯」了一聲，又問：「你們這次來……會待多久呢？」

「不久，今天下午就該去搭船了，明天還得上班。你們保重，也……節哀。」

其實夏時初倒是不忙，多請兩三天假也沒什麼要緊，只是這裡畢竟還有個小顧總，不好拋下公司太久。

聞言，陶郁安神色有些悵然若失，但也沒有吵什麼，只是靜靜地說：「這樣啊……」

這麼久不曾聯絡，陶郁安又已經長大，兩人終歸是有了些隔閡，像半個陌生人了，聊完近況之後，就沒更多話好說，場面一時陷入安靜。

夏時初也不大在意，兀自欣賞著院內的植栽。

一會兒後，陶郁安像是終於打好了腹稿，愼重地又喚了聲：「時初哥。」

夏時初回頭，對上她鄭重的眼眸。

「那年我說過的那些話……我一直很過意不去。」她認認眞眞地說：「是我見識太少，不懂事，後來我也想了很多……那時候，眞的很謝謝你，還有……對不起。」

夏時初一時愣怔。

陶郁安的目光越過他肩後，看見了正朝這裡走來的顧箏，她視線在這二人之間來回轉了一圈，點點頭，「時初哥，你們……要好好的。」

「嗯，」夏時初微微笑了，「妳也是。」

不等顧箏走到，陶郁安遠遠對他做了個鬼臉，就先一步溜走了。

……欠揍嗎？他來到夏時初身邊，有些無語地問：「怎麼了？她說了什麼嗎？」

「沒什麼。」夏時初笑了笑，「你幫我看看，這龜背竹是不是哪裡不太一樣？」

顧箏頓了下，忽然想起什麼，飄開了眼睛，「有嗎，沒有吧，哪裡不一樣？龜背竹不都一個樣子。」

「是嗎？」夏時初微微皺起眉毛，「我怎麼看著像是換了一盆。」

「你兩年沒來，記憶難免有點偏差……」

夏時初不服氣了，「怎麼可能偏差，我那時候天天照顧，記得可清楚了，高度明明不太對，而且那時候葉子好像沒這麼有精神……」

……可不就是因爲夏大少爺您天天照顧，才把它澆死的嗎？

顧箏那時候怕他喪氣，還抽空去買了盆新的，放在一模一樣的位置上，但後來夏時初剛好就離開了，沒有看見。想不到這位植物殺手竟有一雙犀利的眼睛，這都兩年過去了，還有辦法瞧出不同。

顧箏哄他：「那就是你照顧得好了，才越長越有精神。」

夏時初半信半疑，「是這樣嗎？」

「當然了，不然還能是怎樣……」

夏時初終於被說服了，想想還覺得很有成就感，於是又興致勃勃地去找了澆花壺來，裝了滿滿的一壺水。

顧箏站在一旁，看他又在那裡洩洪式澆水，忍了半晌終於還是沒忍住，委婉道：「我覺得，其實應該不需要澆這麼多……」

「哎，你懂什麼，人要多吃飯，植物就要多喝水。你看，它這不就長得這麼好？」

顧箏只好無語旁觀，感覺這回說不定又要被澆死一盆，真是造孽。不過他看著看著，又覺得挺珍貴且難得，這人還能有這樣的精神與興頭。

算了，顧箏在心裡笑了一下，想著：他高興就好。

下午搭船前有段空檔，他們又去了海邊一趟。

陶夫人的喪事剛過，氛圍還隱約有些憂傷，沒人有心情玩樂，兩人就只是拿了兩年前用過的那塊槳板來，一人坐、一人躺地待在上面，晃晃悠悠地飄在海上發呆。

受疫情影響，和兩年前比起來，今年夏天遊客銳減，因此周圍還挺安靜舒適，沒什麼人聲。

顧箏面朝後地盤腿坐在槳板的前端，手持一支小划槳。浪挺平靜，他沒怎麼划，就任由它飄，只偶爾在接近礁石時撥個兩下，轉個方向。

夏時初手枕在腦後，悠閒地閉眼躺著，晴空中的一朵雲飄開了，原本被掩在其後的陽光露了出來，灑落在他臉上，刺目地讓他皺了皺眉。

下一秒，陽光卻又不見了。

夏時初睜開眼來，發現是坐在他頭頂上方的顧箏伸手過來，用手掌替他擋住了陽光，見他睜眼，像愛瞎操心的老媽子一樣嘟囔著：「你那麼不耐曬，我怕你曬沒兩下又要曬傷……」

夏時初笑了一下，又閉上眼，心裡忽然充滿了一種奇異的踏實感。他像毛毛蟲一樣蠕動著往上挪了挪，將頭枕到了顧箏的腿上。

顧箏沒說什麼，只是揉小貓似的揉著他的頭，氣氛寧靜又溫馨。一會兒後，他隨口閒聊：「冰島好玩嗎？」

「還不錯。」夏時初閉眼回憶，「風景真的很美，驚人的美。」

除了風景之外，有幾天也做了一些特別的體驗，他曾走在高原冰川上健行，搭乘過雪地裡的哈士奇雪橇，也在大草原上騎著冰島馬向前奔馳過。他將那些寂寞的記憶通通摘除，只提了聽起來特別有趣的部分。

夏時初懶洋洋地躺著，微笑道：「等之後能出國了，我們再一起去一次吧。」

「好。」

「我現在沒什麼錢，到時候靠顧大總裁帶我飛了。」

「嗯。」

「還有啊，我在倫敦轉機的時候……」

閒談之餘，忽然有什麼東西碰了碰槳板，兩人同時向右一望，就看見一隻海龜游在他們旁邊，挺親人的樣子，不停好奇地撞著板子。

夏時初覺得有些新鮮。一人一龜對看了一會兒，他微微抬起手臂……立刻又被顧箏按下。

「別摸，摸了罰三十萬。」

夏時初抬頭看了看他，才發現這人不是在開玩笑。

顧箏見他露出驚訝的表情，失笑道：「眞的，《野生動物保育法》有規定。」

他解釋了原因，主要是爲了避免驚擾，另外也是避免破壞海洋生物身上一些保護性的黏液……要是一時手賤，被路人拍下來檢舉，是會吃上罰單的。

聽罷，夏時初對這隻只能動眼、不能動手的海龜就失去了點興趣。他仰頭看了看顧箏，忽然抬手，快狠準地往人褲襠的某部位一抓！

「……喂，你又幹麼！」光天化日之下，被掏鳥的顧箏驚得整個人都抖了一下，連帶著整個槳板都晃了晃。

「回頭我給你六十萬啊。」夏時初還在嗤嗤地笑，伸出手指比了個二，「摸兩下。」

顧箏一面忙著攔截他作亂的魔手，一面無奈地說：「別鬧，等等翻船了怎麼辦？而且你剛剛還說你沒錢呢，哪裡又來了六十萬……」

場面逐漸失控，就在顧箏眞的快要被摸硬的時候，晃晃悠悠的槳板扛不住兩個打鬧的大男人，又一個小浪打來，終於還是翻了。

噗通兩聲，二人都摔進了海中，還好這裡只是淺灘區，一陣翻覆混亂過後，在水下的礁石上撐著身子坐起，水面不過到胸前。

他們渾身濕透坐在那裡，一時面面相覷，一臉懵樣。

因爲是來參加葬禮，他們穿著都比較正式，像兩個社會上的菁英人士，這下子一身正裝全都濕透了，皺巴巴黏在身上，看起來悽慘又狼狽。

夏時初張嘴才想說點什麼，顧箏從水中站起身來，就見他微微隆起的襠部，在濕透貼身的衣料下，忽然變得特別明顯。

夏時初一時沒忍住，就坐在水中，很魔性地狂笑了起來。

顧箏被他笑得臉色發紅，嘴巴開闔幾次，也罵不出什麼重話，他伸手捏了把夏時初的臉，而後彎下身來，直接吻住對方。

可惡的笑聲終於消失了，親吻之間，耳邊聽見的一時只有浪濤聲與海鳥的啼鳴，安穩又平靜。

深長的一吻過後，夏時初不笑了，轉而跟他竊竊私語：「要不要我幫你弄出來？」

「……不用！」顧箏被逗得沒脾氣了，直起身來，面色通紅，甕聲甕氣地說：「別玩了，先起來，我們回去店裡換身衣服……」

他說著，朝夏時初伸出一隻手。

夏時初望著他，終於不鬧了，握住他的手借力站起。而後顧箏一手拖著槳板，一手拉著夏時初，兩人一起往岸上走去。

水花將暖陽折散成了溫柔的虹光，他們牽著手，踏著浪，邊說邊笑，笑得那麼簡單又純真。

曾被禁錮在一幢巨大漆黑、冰冷無人的房子裡，那一個害怕孤獨的孩子，終於推開厚重的大門走入陽光裡，牽住了屬於他的一只小風箏。

同一時間的美術館裡，一位妝容精緻、穿著講究的中年女士緩緩走到了夏時初的作品前，駐足看了好一會兒。然後她手伸進口袋，摸出了一包香菸。

高瑋杉正好路過，瞧見就走上前來，客氣地笑說：「小姐，館內全面禁菸。」

女人淡淡瞥他一眼，像是有些不高興，不過仍把菸收起來了。

高瑋杉見她看得仔細，又問道：「您對這幾幅畫感興趣嗎？」

「一般般吧。」女人沒點頭，只是無可無不可地說：「這畫賣多少錢？」

「抱歉，美術館內不販售畫作。」

女人又瞪向他，不滿地念了句：「哪裡來那麼多規矩。」

高瑋杉失笑，覺得眞是遇上了個清奇的客人。他想了想，掏出一張名片遞過去，「如果您眞的喜歡，展覽過後，可以來我的教室和創作者親自談看看。」

女人面露猶豫，像是不知道要不要接，半晌還是收下了，「所以還是會賣的嘛。」

「展覽後會送回創作者手中，由他們自行決定要收藏或者出售。」

「如果賣的話……」女人用下巴點了點作品，「他一幅畫這樣，能賣多少錢？」

高瑋杉總覺得這個問句的主詞有些微妙，但也沒想太多，報了個大略的價格範圍。

女人一聽，立刻皺眉。

高瑋杉以爲她嫌貴，想溫和地灌輸她一些「支持創作」、「藝術無價」之類的心靈雞湯，誰知她竟嫌棄地說：「這麼便宜？」

「……嗯？」

「這麼費工夫的畫，只定這樣的價？」女人一臉鄙視，「懂不懂市場經營？怪不得你們學藝術的人都窮。」

高瑋杉忽然中槍。

見高瑋杉一臉呆愣，女人也懶得再說太多，冷哼一聲後兀自走了，頗有一種霸道總裁的酷炫氣質，也不知道究竟是來站台還是拆台的，留下高瑋杉一頭霧水地立在原處。

恰在此時，又有一名工作人員路過，忽然看見了什麼，同高瑋杉說道：「老師，那邊那幅畫怎麼被貼了東西？」

高瑋杉順著他比的方向看過去，就見盡頭處那幅〈追逐極光的人〉右下角果然被貼了張便條紙，還是金黃色的，特別突兀又醒目。

高瑋杉愣了愣，特地走近看了下，而後卻是笑了，「沒關係，就讓它貼在那裡吧。」

於是，在這場畫展的最後幾日，有許多訪客發現，某一幅畫作下方，不知是惡作劇還是什麼，被貼了張帶字的便條紙，也不知道爲什麼，館方竟也沒有將之移除。

走近了仔細一瞧，就見便條紙上的那一手字跡還寫得沒什麼美感，歪歪醜醜的，頗具童趣。

上面只匆匆寫著七個大字——你就是我的極光。

日記七

從冰島回國以後，我去找了身心科醫師。

那醫師調侃我，說我從來就不聽醫囑，只曉得向他拿安眠藥，怎麼這回忽然願意好好治療了？

我想了好一會兒，告訴他，因為我遇見了一個很好的人。

有那麼一個人，他比我還清楚我身上有多少傷痕。傷明明在我身上，他卻總像是比我還疼，比我還要難受，比我還要愛哭。

我遇見了一個很好的人。

他讓我也想要……成為一個更好的人。

# 番外　團聚

兩個月後。

中秋連假的第一日下午，台東某處的一個小山坡上，顧箏和夏時初正牽手慢慢散步於其中，周遭環繞的是整片盛開的金針花海。

一旁的茶園不時傳來採茶女的喧笑聲，有時一邊摘著茶青，一邊唱著歌，歌聲相互呼應、此起彼落，十分熱鬧。

顧箏伸手指了指山下，一幢白色的建築物，「那一棟，是我家。」

「這麼近啊。」

「對啊，我對這一帶很熟，我從小就好動，沒事就愛往山坡這邊跑。」顧箏想起什麼，笑了笑，「還有我媽也是，愛湊熱鬧，三不五時就跑來幫忙採茶，跟那些阿姨們聊天。但她哪裡懂茶，就瞎採一通罷了……」

果然誰都不能隨隨便便在背後嚼人舌根，話音剛落，就聽一旁傳來一道有些驚奇的喊聲：「顧小箏？」

兩人同時轉頭望去，就見不遠處的茶園中，一位約莫四十歲左右的女人正朝他們揮著手。

光是乍看一眼，便能覺察出她與顧箏的肖似，一樣的濃眉大眼、一樣健康的小麥膚色，還有一樣陽光爽朗的笑容——正是顧媽媽。

夏時初在聽見喊聲的那瞬間，便下意識地想鬆開手。

顧箏微微一愣，忽然就想起了兩年前，差點被陶郁齊、陶郁安撞見他們牽手的那一幕。

當時顧箏其實沒所謂出不出櫃，只是陶家兄妹畢竟是熟人，陶小妹又還沒成年，覺得影響不好，才反射性地抽開了手。然而手一鬆開，他隨即便開始隱隱懊悔，覺得自己這樣實在挺不夠意思，後來沒有機會道歉，但這件事一直擱在他的心裡。

他又想起了杜胖子說過的話，說他根本給不了人足夠的安全感什麼的……於是愣怔過後，顧箏反手又握住了即將鬆開的手，且握得更緊了，夏時初想抽都抽不出來。

夏時初一臉懵地看他。

另外那頭，顧媽媽腳步輕快地走到了近處，看見他們交握的手，也一臉懵地看著他們。

她呆呆地望了望夏時初，又望了望顧箏，「這位是……」

呆滯的表情讓人看了有點於心不忍，不等夏時初出聲挽救些什麼，顧箏先一步投了顆直男之球，義正嚴詞道：「這是我交往對象，他叫夏時初。」

……有你這麼猝不及防的嗎？夏時初傻眼。

吐槽歸吐槽，見顧箏介紹得那樣認真，夏時初都覺得不好意思了起來，顧箏每次這樣他都有些扛不住，面頰隱隱發熱。

雖說這櫃出得毫無預警，顧媽媽倒也沒有太激烈的反應——也可能是一時被驚到回不了神，只是有些恍惚地哦哦兩聲，打了招呼，暫時先揭過了這一樁，腳步虛浮地領著他們一起走回顧家。

顧媽媽走在前頭，後面兩人則講著悄悄話。

夏時初壓低聲音，有些不可置信，「你……你就這樣？會不會嚇到他們啊？」

顧箏看著他母親的背影，心底也有點緊張，不過仍安慰他：「沒事，我父母都很開明……最多也就是揍我而已，不會揍你。」

這是哪門子安慰？

抵達顧家時，顧箏的父親正坐在客廳茶几旁，像是正要泡茶。見到他們，顧父笑著打了招呼，而後看著夏時初，問了與顧媽媽一樣的問句。

顧箏再次一本正經道：「他叫夏時初，我們在交往。」

顧父是個斯文內斂的性格，聞言有些訝異，但同樣也沒表現出太多情緒，只是溫溫和和地對夏時初笑笑，提起熱水往茶葉上沖，「時初是嗎？要不要喝茶？」

夏時初呆了呆，乖乖走過去茶几旁坐下。

顧媽媽則像是終於回過神來了，沉著臉站在房門邊，衝顧箏勾了勾手指，像是要和他私下好好聊聊。

顧媽媽向來開朗活潑，顧箏鮮少見她露出這般嚴肅的表情。他本覺得自己父母十分開明，想想又有些忐忑，畢竟他們生活在鄉村，都是質樸的鄉下人，搞不好根本就沒聽過同性戀這個詞。

顧箏只好跟著她走進房裡，關上了房門，一邊頭腦風暴地想著說詞，打算要好好地說明並開導一下自己的母親……然後他忽然瞥見房裡一旁的書架上擺著許多輕小說，封面色彩鮮豔到汙染眼睛，仔細一看，其中一本的書名是《霸道總裁和他的逃跑小嬌夫》，後面還括弧寫著ABO……好像看到什麼不得了的東西。

顧媽媽回過頭來，一臉深沉地說：「兒啊，事到如今，我只想問一句。」

「嗯？」

「你是上面那個，還是下面那個啊？」

「……蛤？」

顧媽媽還沒完，她無視顧箏的瞳孔地震，開始井井有條地深入分析。

「我覺得吧，人家那麼好看的一個男孩子，看他穿著打扮好像比你講究又比你有錢？你也配當上面那個？可你要是下面……」她上下打量了下自己的親兒子，露出遲疑又嫌棄的神情，「就你這樣子的……那孩子是不是眼光不大好啊？」

貓嫌狗棄的顧箏被叨唸到面無表情，無語心想：這眞不愧是他的親媽。

外頭則平靜得多，夏時初靜靜地看著顧父泡茶。

他手法嫻熟講究，一看就是個懂茶的，完成後推給夏時初其中一杯，「來，先聞香，再品茶。」

夏時初依言照做，然後點點頭：「很好喝。」

「對吧？」顧父笑著說：「你顧阿姨知道我喜茶，總往茶農那邊跑，找他們買剛揉好的新茶，香氣最足。」

茶確實是好茶，茶香豐富，口感溫潤，尾韻回甘，然而夏時初喝得頗有些心不在焉，沒品出多少滋味，沉默一會兒後，終於忍不住試探地問：「我跟顧箏，您……沒有什麼意見嗎？」

「意見？」顧父愣了愣，才明白過來他指的是什麼，輕輕「啊」了一聲，說道：「你們年輕人的事情，自己想清楚就好了，我們這些老人也沒什麼好多嘴的。」

見夏時初表情有些意外，顧父溫和地笑了笑：「我是個老師，好歹看過很多孩子，對這些多少也有點了解，不會因此而大驚小怪……你不必緊張，當作自己家就好。」

夏時初這才終於放鬆了一點，轉頭看了看緊閉的房門，忍不住問道：「那……顧阿姨呢？」

「啊，她啊，」不知為何，顧父的神情有些微妙，「她對這些……怕是只會了解得比我更深吧，你不用擔心。」

夏時初不知他此話何意，只能似懂非懂地點了點頭。

果然沒一會兒，那對母子就談完走出來了，兩人神色很平緩，不像有爭執的樣子。

見夏時初望過來，顧媽媽特別親切又友善地衝他笑了一下，「大老遠跑來也累了吧？肚子餓了沒？要不要吃點心呀？哎呀，我給你削點水果吧……」

簡直比對待親兒子都還要親切，她說罷兀自轉身進去廚房，弄出一堆吃的，害夏時初一直到晚飯時間都還飽得要命。

晚上吃過飯後，一家人在後院團聚賞了月，而後顧箏與夏時初先一步回房裡了。

先前，夏時初有好一陣子菸抽得很凶，最近在顧箏的勸說下，才終於慢慢開始減量，但這會兒他又有些犯了菸癮，覺得睏倦又嘴癢。

他坐在窗台邊，戳了戳一旁正在收拾行李的顧箏，「顧小箏，你給我支菸吧。」

「之前說好了，一天限量三支。」顧箏頭也不回，很有原則地說：「你今天的額度用完了。」

夏時初正想胡攪蠻纏一番，卻見顧箏忽然轉過頭來，往他唇上親了一下，安撫地說：「乖，別一直去想。」

夏時初被親得一時啞火。

顧箏見他沒再討菸抽，露出一個讚許又溫柔的笑容，揉了揉他的頭，然後繼續收拾行李了。

夏時初用奇異的表情盯著他看，暗道這顧直男竟然越來越會了，偶爾還能使出這樣一記天然撩。

討菸失敗的夏時初只好摸摸鼻子，轉而看向窗外風景，正好瞧見了下面的庭院中，顧父顧母坐在戶外小桌旁品茶賞月的畫面。他這才忽然想到要問：「下午那時候，你媽跟你都說什麼了？」

「其實也沒什麼，她挺喜歡你的。」顧箏一邊從行李袋中挑出衣物，一邊無奈地回答：「她覺得你配我，是一朵鮮花插在牛糞上，還說你是不是眼睛不大好……」

除此之外還真沒講什麼，就稍微問了下兩人是怎麼認識的、感嘆了下兒子原來是個彎的，其餘就只是八卦閒聊，基本上沒有重要的內容。

顧家人全部都太出人意料，夏時初表情扭曲了一下，像是想憋笑，最後還是沒忍住，彎腰笑得肩膀直抖。

顧箏回頭見他抖成那樣，跟著也覺得好笑又無語，洩憤似的狠狠揉了把他的頭，而後拿著衣服轉身先去洗澡了。

下面的庭院裡，顧父正在殺柚子，顧母撐頭坐在一邊，笑吟吟地看著他弄。

不愧是著重儀式感的顧家人，這柚子殺得還挺講究，把外皮剝成了一頂柚子帽，反手就罩在顧母的頭上。顧母像個大女孩一樣，就這樣戴著，也不去摘，還心情很好似的哼唱起了一首歌。

夏時初遠遠聽著，只覺越聽越耳熟。

那不知涵意的族語被唱得多情又熱切，顧母雙手托腮，笑著直直地向著對方唱，唱得顧父都有些不好意思，靦腆地笑了笑，湊過去印上了一個輕輕的吻。

夏時初忽然福至心靈，終於品出了一點什麼。

於是顧箏洗澡回來時，就見夏時初在窗邊回過頭來，似笑非笑的看著他。

「意思是，」夏時初指了指窗外，「祝我生日快樂？嗯？」

顧箏一開始還沒反應過來，直到隱約聽見自己母親正在唱著他唱過的歌謠時，才忽然臉色漲紅。

夏時初像隻貓咪一樣，輕巧地從窗台邊跳下，幾步走近過來，雙手勾上顧箏的肩頸，貼著他笑問：「顧小箏，你那時候就對著我唱情歌呀？」

顧箏啞口無言，支支吾吾半天，解釋不出個所以然，最後被逼問得受不了了，乾脆就著這個姿勢低頭，順勢吻上了夏時初的唇，將對方還想追問的話語給通通堵回去。

團聚圓滿的夜色下，晚風拂過山間，將那曲溫柔的排灣歌謠吹到很遠，送入了窗邊，亦送入了相擁吻著的有情人耳裡。

# 番外　初吻

許謹文的成長經歷，看在旁人眼裡，是個讓人津津樂道的勵志故事。

他出身貧困，母親早逝，全靠父親做粗活，艱辛地拉拔他長大，這也造就了許謹文早熟、隱忍、理智的性格。

從學生時期開始，他便勤學不輟、孜孜不倦，每學期第一名的獎學金幾乎都落在他手裡。

即使如此，高三時，他看著身形日漸佝僂消瘦的父親，便是有再優異的成績，仍不得不考慮放棄大學，直接去找工作。

還好命運還算眷顧他，夏氏集團的優秀青年獎學金選中了許謹文，只要他大學時維持住成績，沒有做什麼出格行爲，便包辦他大學四年的學費，畢業後接受夏氏安排，直接入職夏氏。

夏氏集團是個龐大的公司，前景不錯，對許謹文來說，這是一筆穩賺不賠的買賣。

他很感謝也很珍惜，抓緊了一切能夠翻身往上爬的機會。

大學期間寒暑假空閒時，他還常常主動去夏氏見習、打雜，他學習力強、做事細心又肯吃苦，在非常早的階段，就與公司內的人們混了個臉熟，給人留下了不錯的印象。

許謹文與夏時初便是在那時候相識的。

起因是夏時初無人管教、懶懶散散、成績普普，還常不繳作業，夏宛君懶得理這種事，沒想到學校導師還挺熱心，三不五時就打電話來勸勉關心。夏宛君煩不勝煩，便想找個家教來管。

一旁的祕書聽聞，伸手一指，直接推薦了正在公司裡打雜、口碑不錯的勤勉資優生許謹文。

夏宛君從來沒關注過自家公司的獎學金資助了誰，自然也不認識許謹文。初照面時她上下打量了下對方，無可無不可地聳聳肩，「那就展現一下你的價值吧。」

家教的事情就這樣成了。

許謹文和夏時初年差紀五歲，當時夏時初只是個十三四歲的國中生，說乖不算乖，壞其實也壞不到哪裡去，面對許謹文時，還會笑笑地喊他一聲哥。

許謹文一週會去夏宅三四次，忙時至少一兩週也會去一次，且這一教就持續了好些年，可以說許謹文是陪伴夏時初少時最久的人了。

他確實也對夏時初非常關心，不管是課業，或者是這個人本身。這無關乎喜歡或討厭，只是因爲對方是夏氏集團總裁的兒子，而他的一切幾乎都是靠夏氏資助上來的，當然不能不放在心上。

許謹文這人，窮苦怕了，數年來行事汲汲營營、目的性強，從不在無謂的事物上浪費時間，那是第一次，有個人漸漸走進了他的心裡。

他見證了夏時初從一位稚嫩少年，逐漸褪去青澀，五官長開，身量拔高，成長爲一位高挑俊秀的青年。他也見證了這個家庭的所有不堪，成爲最了解夏家家庭情況的外人，見證了夏時初所有迷惘、悲憤、狼狽的時候。

隨著年歲漸長，夏時初行事也越來越離經叛道，卻還算能聽進許謹文的話，在面對許謹文時，仍會露出一抹淺淺的笑，收斂起渾身的刺。

許謹文有些心疼他。

擔任家教第三年的某天，許謹文正好遇見夏宛君，當時夏時初的生日快到了，許謹文試探性地問夏宛君，要不要替少爺準備蛋糕和禮物。

幾年下來，夏宛君對許謹文的印象不錯。她看他一眼，倒也沒反對，「隨便，要買你就去買，我不差這點錢，到時候你拿收據給祕書報銷。」

於是夏時初從那年開始，終於收到了宣稱來自「父母」的生日禮物，並由許謹文「轉交」。

夏時初收禮時聽到這說法，神情有些一言難盡，許謹文總覺得他看起來好像想吐槽什麼，卻又忍住了，最後只是笑笑地道了謝。

兩人相伴多年，關係越走越近，許謹文也對夏時初越來越關心，他想照顧他、想陪伴他、想爲他準備生日禮物、想讓他不再是一個人。

事後再去回憶，許謹文也很難說自己的感情究竟是在什麼時候變了味。

可能是他看見了夏時初的脆弱與孤獨，轉過身來見到他，卻又笑了，狀若無事地喊他文哥的時候。

可能是某個安靜的夜晚，他走進書房，發現夏時初趴在桌上睡著，他看著對方柔軟的唇瓣，發現自己竟想吻上去的時候。

也可能是夏時初十七八歲那年，對著夏老爺子吼著出櫃，而許謹文剛好聽見，心臟頓時漏跳一拍的時候。

但是很快那些就都不重要了，因爲不過才事隔一天，夏老爺子過世的消息便傳了出來。

那天到底發生了什麼事情，許謹文並不十分清楚。當時他是去當家教的，抵達夏宅時已經臨近傍晚，聽見這對祖孫又在吵架，不好出面干涉人家家務事，只得在隔壁房間的角落靜靜地等，洽好聽見夏時初出櫃。

而後夏時初用力摔門離去，許謹文當時心思有些亂，也沒來得及攔住他，索性安靜地離開了。

後來家政阿姨做完晚餐時，夏老爺子還在自己房間生悶氣，家政阿姨小心翼翼地在房門外敲門告知，得到一聲還在氣頭上的冷哼作爲回應後，便也離開了。

就偏巧在這一天，夏老爺子孤零零一人在深夜時嚥氣了，死因是心肌梗塞。

那陣子所有人都陷入了混亂與忙碌。

告別式當天，許謹文才終於遠遠見到了夏時初，看對方明顯臉色與情緒不好。他想提步走過去，卻先瞥見了靜立在一旁角落抽菸的夏宛君。

許謹文足下一頓，不得不先停下來打招呼：「夏總。」

夏宛君沒有應聲，她兩指夾著菸，沉默地看著靈堂，沒有落淚，不過一向清冷的面容上罕見地顯露出一抹疲倦與憔悴。

沒得到上司的回應，許謹文不好直接離開，去世的畢竟是夏宛君的父親，他站在原地，猶豫著要不要說點什麼安慰對方。

香菸裊裊升起的煙霧飄盪在二人之間，使得夏宛君的神情有些晦澀難辨。半晌，她終於開口了。

「當天發生的事情，我問了那天的家政大姊，從她口中聽到一件事。」她緩緩說著，語氣聽不出喜怒，「她說，他們祖孫兩個那天大吵了一架，夏時初大聲嚷嚷著，說自己是同性戀。」

許謹文沒想到她會忽然提到這個，手心霎時一陣冰涼，只見夏宛君終於偏過頭來看著他，一字一字地問道：「不是你吧？」

不是你吧？

這個問句可以有很多種意思——不是你把他帶偏的吧？你們沒有發生什麼吧？這件事跟你沒有關係吧？你沒抱著什麼不該有的感情吧？

無論是哪一種，許謹文都不能承認。他不曉得夏宛君是疑問居多，還是試探居多，也不曉得自己的那點情意是否早已被看穿，但他聽出來了對方語氣中深重的警告。

他如今的一切都是夏氏給他的。

許謹文全身僵硬，本能反應道：「不是。」

夏宛君也沒說信或不信，只是冷冷地勾了下嘴角，「我活了大半輩子，見過太多骯髒齷齪、令人作嘔的事情，我已經不想再看到更多糟心事了，你明白嗎？」

許謹文喃喃回答：「我……明白。」

「你是個識時務的孩子。」夏宛君似乎決定姑且相信他，視線終於移開了，轉回去繼續看著靈堂那邊，一邊抽菸一邊道：「這學期結束後，你出國吧。」

許謹文一怔，臉色逐漸蒼白。

「學校我讓祕書幫你申請，拿個碩士再回來，學歷漂亮一點，以後回到公司，你會更容易往上升。」

她三言兩語就定了許謹文的未來，許謹文手心攥得死緊，腦中一下子紛亂閃過很多念頭，然而最後他終究只是沙啞地答道：「……好。」

之後的幾個月，許謹文沒再去見夏時初。其實他曉得夏老爺子的去世，對夏時初來說會是個很大的打擊，這段時期他應該很難熬，應該會需要人陪伴，然而許謹文就是不敢再去見他。

一直到了出國前夕，他才終於來找夏時初一次，做爲告別。

夏時初的生日在暑期，這會兒正好又要到了，今年恰好滿十八歲。

許謹文這次依舊準備了禮物，將一把車鑰匙交到了夏時初手上，說是他父母送的成年禮。

夏時初看著手心的鑰匙，又看了看面前的許謹文，露出了一個揶揄的、甚至是嘲諷的笑容，「許謹文，你是真當我什麼都不知道嗎？」

這是第一次，夏時初直接叫他的名字，也是第一次，他用這樣帶刺的語氣同他說話。許謹文一怔，還沒完全明白夏時初的意思，便已經開始感到心慌。

「你……」他艱難道：「什麼意思？」

「什麼意思？那是我想問的。」夏時初冷冷地、一字一句地說道：「那天晚上，那間書房裡，是誰趁我睡著的時候，偷偷吻了我？」

許謹文只覺耳畔像是轟鳴了一聲，腦中頓時一片空白，做不出任何反應。

原來那時候他醒著……原來他早就知道了啊。

夏時初看著他，「你就沒什麼想和我說的嗎？」

許謹文難堪地垂下了頭，嗓音乾澀地說：「對不起，我……沒什麼能說的，我要走了……我沒有辦法。」

夏時初看著許謹文神情中的痛苦與內疚，有須臾恍神，他在想，他們認識了這麼多年啊，事情是怎麼走到這一步的？

他是在對許謹文生氣嗎？憑什麼呢？

畢竟，許謹文從來就不是他的誰，他原本就是會走的。

那股隱隱升起的怒火被現實打散，湮滅得徹底，他忽然不生氣了，只覺得無力、乏味，沒意思極了。

「……沒關係，都不重要了，你走吧。」夏時初平靜地說：「再見了。」

許謹文離開得幾乎可謂是狼狽，他很快出了國，留學期間，沒再和夏時初聯繫。兩年後，他成功拿到了碩士學位，歸國後直接進入了夏氏集團工作。

憑藉著他自身的才能與努力，以及他老早就已經混熟的人脈，他在公司走得很順，也的確如夏宛君所說，往上升得還算容易，從被管的一方，漸漸變成了管人的一方。

他終於成功翻身，擺脫貧困，經濟再也不拮据，他的父親也終於能辭去那些危險又粗重的工活，好好安度晚年，享享清福。

然後，一個意外的午後，他也終於再見到了夏時初。

彼時，夏時初已是個二十多歲的青年了，幾年不見，他周身的氣息顯得更加內斂淡漠，看什麼都漫不經心的樣子，令人難以參透，也難以親近。

在這場不期而遇裡，夏時初面上不見高興也沒有不悅，只是露出了一個陌生又疏離的微笑，平平淡淡地打過招呼後，就那麼擦身而過地走了。

少時相伴多年的情誼，像是從來不曾存在過。

在往後的日子裡，許謹文無數次思考過，自己當年做出的選擇究竟算不算值得——他聽從夏宛君的安排，換來事業一路通暢，失去的是與夏時初的所有可能。

他衡量不出結果，但無論值不值得，如果整件事情重來一次，許謹文覺得，自己恐怕仍做不出第二種選擇。

因爲，正如夏時初後來所說的，他終究沒有能夠孤注一擲的勇氣。

# 番外
# 極光

兩年後。

疫情趨緩，旅遊解禁，機場漸漸重回人滿爲患的狀態，旅客來來往往，絡繹不絕，夏時初與顧箏也在其中，兩人手上都拉著個行李箱。

夏時初邊走邊講著電話，顧箏落後他幾步，默默地跟在其後。

「我下週回來，這週畫廊照常營業，但美術教室得停課一週，之前應該已經通知過了。」他對著電話那端有條不紊地交代著：「不過有幾個學生家長之前沒接電話，你今天再幫我聯繫看看……」

這兩年來，夏時初的藝廊已經順利運轉了起來，除了畫作之外，也經營一些藝術裝置與文創商品，風格年輕新穎，受眾很廣，偶爾還與市府協辦藝術展覽，再加上有高瑋杉前輩的支持與推廣，如今在圈子裡已算是小有名氣。

藝廊發展穩定之後，夏時初又開了間同名的美術教室，不拘泥於在教什麼深奧的技法，反而更常在帶一些兒童與青少年的美術基礎，利潤不高，純粹教個熱鬧，教室中總是能聽到小鬼頭們喊著「夏老師」，還挺有活力。

夏時初一步一步完成了自己想做的事情，顧箏默默地在一邊旁聽，也滿替人高興的，只不過……他被晾在旁邊太久了吧？電話那頭是誰啊？該不會又是那個七仔吧？

幾分鐘後，夏時初總算掛了電話，他順便看了下時間，「時間還早，報到完我們先去吃個早餐？我記得第一航廈是不是有間咖啡廳……」

顧箏沒有答話，只是悶悶地應了一聲。

夏時初愣了一下，回過頭去看他，露出有些匪夷所思的表情，「哎，你該不會是……還在生氣吧？」

顧箏沒好氣地說：「啊，沒有啊，誰生氣了，你在說什麼我聽不懂。」

啊這，看來是在生氣無誤。

生什麼氣，這就得回溯到前一天晚上，兩人看了部影集，就著劇情隨口閒聊時，恰好聊到了初吻這件事情。

顧箏這人吧，感情史簡單，初吻這玩意卻早在幼稚園時期就稀里糊塗地丟了，對象是班上一位外向活潑的小女孩。

當時小女孩很喜歡顧箏，總愛和他玩，有天玩著玩著，突然就湊上來親了他一下，嘴對嘴啵了好大一聲，還說長大以後要和顧箏哥哥結婚。

小孩子嘛，純屬玩鬧性質，沒什麼大不了的，顧箏現在連她的姓名模樣都記不清了，會對這件事情還有印象，只是因爲顧媽媽在他記事後，曾經將這件事當作一樁笑談提起過。

「噫，這麼小就知道拈花惹草。」夏時初聽罷搖頭晃腦，「眞是不守男德。」

顧箏用有點微妙的表情看他，覺得這人還挺敢講，好氣又好笑地說：「還敢說我，那你記得自己初吻給了誰嗎？你以前那些……」

話說到一半，顧箏就自己打住了，夏時初過去豔史太多，顧箏沒有想翻這些舊帳的意思，那只會徒增彼此的不愉快罷了。

「記得啊。」哪知道夏時初認眞地想了想，還眞的回答了：「初吻嘛，是在高中的時候吧，對象是許謹文。」

現場忽然安靜了幾秒鐘。

「……靠？許謹文？哪個許謹文？你家公司那個助理？」顧箏反應過來後，整張臉都黑了，「怪不得他三不五時就來幫你忙，還老是給你的藝廊送人手，我還想他這人挺熱心腸啊？原來是圖謀不軌！那他給你的人手你還眞的用啊——」

夏時初無比精準地報出了初吻時間和對象，顧箏覺得這還不如不記得呢！原來潛在情敵一直游離在附近，他感到強烈的危機意識，連帶被許謹文派來藝廊幫忙的七仔，都開始看不順眼。

如今再想起那些陳年往事，夏時初其實已經沒太大感想，最多心平氣和地感慨一下，原來自己也曾有那麼天眞純情的時候。但看顧箏在那邊罵罵咧咧，夏時初就覺得有點好笑，而且竟然還自己生悶氣到隔天欸，笑死。

夏時初把手機收進外套口袋，騰出手來安撫性地拍拍對方，「好好好，沒生氣，你超棒。」

顧箏的確不是真的在對他生氣，就是……震驚，外加一種就他一個被蒙在鼓裡的鬱悶感。這兩年來，他也在藝廊碰見過許謹文幾次，卻完全不知兩人有過這段淵源，許謹文偶爾還會用一種審視的目光打量他，他之前不明所以，現在回想起來，火氣就不斷蹭往上冒。

夏時初哄他：「其實根本沒發生什麼啦，你想知道細節的話我和你講啊。當時我們都還只是學生，親個嘴而已，連舌頭都沒伸——」

「哇！你小聲一點……」

於是在排隊報到領機票的過程中，夏時初斷斷續續把這樁少時往事講完了，講得客觀中立，輕描淡寫。

倒是顧箏聽完後，神情有些複雜，「所以你當初……真的喜歡過他啊？」

夏時初愣了一下，也沒有否認，「或許吧。」

「他就那樣離開，你……」你那時很難過吧？顧箏沒把話說完，表情悶悶的，像是有些心疼。

夏時初看他表情就知道他想說什麼，笑笑寬慰道：「沒什麼，已經太久了，我都快想不起來了。」

他想了想，又解釋了下：「總之我和文哥已經把話說清楚了，他現在就是好心幫忙而已，沒什麼別的。」

顧箏原本還在心疼，一聽這話又不樂意了，「你還幫他說話！」

「好好，不說了。」夏時初笑得肩膀抖動，「還是說說行程吧，你查極光指數了嗎？也不知道這週天氣好不好。」

顧箏勉強換了話題，「沒查，反正機票和住宿不能改了，乾脆不要查……放心啦，這是一種信念感，要相信自己是天氣之子，樂觀面對……」

兩人說說笑笑著，領了票又託運了行李，一起往出關的地方前行。他們此趟目的地沒有直飛班機，所以兩人拿到不止一張機票，而最終站寫著：雷克雅維克。

✦

三天後，冰島某處的一間小木屋民宿中。

夏時初穿著層層厚外套，整個人包成粽子一樣站在窗邊，看了看外頭鋪天蓋地的暴風雪，又轉頭看向自以爲天氣之子的顧箏，誠懇發問：「你是不是對自己有什麼錯誤認知？」

顧箏不好意思說話，默默地在角落滑手機，似乎在找有沒有什麼室內的替代行程。

冰島冬天其實是旅遊淡季，雖然較有可能見到極光，但因爲黑夜實在太長，氣候又很不穩定，一旦遇上惡劣天氣，行程都得泡湯，連開車都有點危險，有時公路甚至會封路，去哪都窒礙難行。

現在時間是下午，可因為幾乎永夜的關係，外頭黑壓壓一片，再加上風雪肆虐，根本什麼都看不見，小木屋的窗戶被狂風吹得喀喀作響，房子好像都要解體一樣。

客廳中央有個古典又溫馨的小壁爐，正在劈啪燒著柴火，除此之外，屋內還開著暖氣，卻仍能感覺到寒意從木屋的各種縫隙中絲絲滲入。

夏時初怕冷，即便已經裹得跟球一樣，依舊沒忍住搓搓手，打了個噴嚏。

顧箏見狀走過來，把他拉離窗邊，抱著人窩進了柔軟的布沙發裡。

夏時初感受身後顧箏暖洋洋的體溫，調整成更舒服的姿勢，縮在對方懷裡不動了。而顧箏一手環著夏時初，另一手還在用手機打字。

「你忙什麼呢？」

「唔，我在和民宿老闆傳訊息。」顧箏皺著眉毛進行閱讀理解，「他說……我們可以考慮去博物館、室內的溫泉泳池，或是去購物……但不熟悉這種天氣的話，最好還是不要隨便外出。」

小木屋民宿的老闆是位中年男子，冰島人，恰好不是很擅長英文，與顧箏交流得磕磕絆絆的，溝通效率不太好。不過老闆性格開朗好客，雖然常常雞同鴨講，字裡行間還是看得出來挺熱心想幫忙，也給了很多建議。

可能是因為時差，或者永夜的關係，再加上天氣太冷，夏時初總覺得睏倦，他玩著顧箏的毛衣衣角，把人家衣服都搓出了靜電，一邊懶洋洋地說：「就這樣待著也沒什麼不好啊。」

顧箏其實也覺得在這種天氣貿然出門，實在不是很安全，聞言就點點頭，轉而問老闆能不能借點什麼好玩的、能打發時間的東西，例如桌遊或書籍雜誌之類的，什麼都好，感覺到夏時初手腳總是冰涼，又問老闆能不能順便帶點熱的東西過來。

一番艱難溝通後，老闆欣然答應下來了，說他正好在外頭採買，等等買完和晚餐一起送來。

「我看了下天氣預報，暴風雪應該頂多到明天。」與老闆交涉完畢，顧箏又轉而研究氣象，「之後就晴朗了，我們最後幾天還是有機會見到極光。」

夏時初聽出他語氣中的懊惱與不確定，沒忍住笑了，「就和你說了，想看極光的話，去加拿大或者芬蘭，機率都更高一點，不一定非得要來冰島啊。」

「之前你自己一個人來過這裡，我只是想和你再來一次。」顧箏把手機扔去一邊，雙手摟了上來，下巴擱到夏時初肩膀上，蹭了蹭他微涼的耳朵，「這樣……以後你再想起這裡，回憶裡會有我，而不是只有你獨自一人。」

夏時初微微愣住了，這是他沒有想到過的緣由，一時都有點不知該說些什麼好。他側過頭，與顧箏正好對上視線，夏時初笑了下，親了顧箏的嘴唇一下。

原本是一觸即分的吻，顧箏卻收緊手臂，反客為主地再次吻了上來，舌尖撬開了夏時初的唇瓣，舔弄得深而纏綿，耳邊頓時只聽得見簌簌風雪，與柴火燃裂的劈啪脆響。

此時此地，令人感覺遺世獨立、歲月靜好，一切的步調都是緩慢的、溫存的。兩人皆有些情動，但也沒有太激烈的動作，只是躺在沙發上細細地親吻、撫摸著彼此，偶爾也滴滴咕咕地說著話。

顧箏的大手順著夏時初的腰線往下，探進褲子裡，握住夏時初微硬的慾望。顧箏掌心的溫度竟比夏時初那處還熱，令夏時初不由自主地瑟縮了一下，顧箏安撫地哄了幾句，輕輕地撫摸套弄著他最敏感的地方。

夏時初無意識地揪亂了顧箏的衣服，唇齒間溢出難耐又歡愉的呻吟，冰冷的手腳漸漸暖了起來，四周溫度彷彿都升高了幾度。

可惜美好的時光總是會有人來煞風景，不知過去多久，一陣熱情的砰砰捶門聲突兀地響起。

顧箏與夏時初同時頓了下，向後退開，兩人衣衫凌亂，呼吸微喘，分開的唇瓣間牽出一條曖昧的水絲。

大門持續被敲得震天價響，顧箏沉默了下，壓著慾火勉強道：「可能是民宿老闆送東西過來了，我去拿一下。」

夏時初見他神情隱忍，莫名覺得好笑，他用拇指抹去顧箏唇邊一點晶亮的水漬，又幫人理了理衣服，忍笑著說：「去吧，表情正經一點。」

顧箏一本正經地硬著去門口了，還好衣物夠厚，褲襠的鼓起不是很明顯。

屋外的確是民宿老闆，對方笑容滿面、熱情洋溢地把手中大包小包的塑膠袋遞給顧箏，口中還嘰哩咕嚕說著彎腳的英文，顧箏幾乎一句都沒聽懂，只大概聽見幾個關鍵字：好玩、熱的、可以吃，還有好幾聲I know～I know！

顧箏完全不知道對方在know什麼，只是應付式地乾笑，把袋子一一接過來，誠懇地道了謝。

老闆豪爽地拍他肩膀說不客氣，又講了幾句疑似是寒暄與告別的話後，伸出大姆指比了個讚，便踏著風雪瀟灑地走了。

顧箏重新把門關上，只這麼片刻功夫，他的頭髮與肩膀上就沾滿了冰涼的雪花。他隨手拍掉，提著袋子走回客廳。

夏時初還歪倒在沙發上，見他回來，感慨了句：「那老闆真是過分熱情了。」

「我都沒聽懂他說了什麼。」顧箏坐回到他旁邊，把幾袋東西放在茶几上。

夏時初也聽得不甚清晰，但感覺最後兩句似乎是「你們會喜歡的」以及「祝兩位有愉快的夜晚」。

「所以你讓他買了什麼啊？」夏時初忽然有點好奇。

「應該是一些食物和桌遊吧，我和他說——」顧箏把袋口拉開，夏時初也湊了過來，兩人一起低頭一看——見到了滿滿一整袋的保險套。

說話聲戛然而止。

「你和他說？」夏時初看向顧箏，無比誠心地發問。

「我不是！我沒有！」顧箏只覺一股熱氣直衝頭頂，也不知道是氣的還是臊的，「我是說我要能打發時間的、好玩的，可以兩個人玩的……靠，他到底都想到什麼？我說的是桌遊！桌遊！我還說了買點熱的——」

夏時初從另一個袋子裡摸出來一條潤滑液，包裝上寫著密密麻麻的外文，其中有個「HOT」特別顯眼，後面還追加了三個驚嘆號。

夏時初唏噓：「看出來是眞的超熱了。」

敢情顧箏和民宿老闆從來就沒有成功溝通過，都是互相在瞎拼湊關鍵字，並自以爲了解對方的意思。

他們把袋子裡所有東西都拿出來，發現除了一袋是晚餐之外，其他三大袋全是情趣玩具，樣式與口味齊全，完全可以想見老闆多麼熱心且仔細地替他們一一挑選。

一整片的情趣用品鋪滿眼前，視覺衝擊實在很強，夏時初忍不住了，整個人笑倒在沙發上。而顧箏覺得荒謬無語的同時，下腹卻也可恥地升起了一股燥意。

「欸，沒關係啊。」夏時初笑著伸出手去勾顧箏，湊近在人耳邊邪惡地竊竊私語：「你看，反正天都不會亮……我們可以從早做愛到晚耶。」

原本幽暗致鬱的永夜，成爲了沒有盡頭的狂歡。

溫馨的小木屋內漸漸變得凌亂無比，褪下的衣物、揉皺的紙巾、剛被粗暴拆開的各種包裝，隨著兩人移動的軌跡散落在各處，沙發上、餐桌上、木地板上、窗台邊，最後延伸到床上。

夏時初坐在顧箏懷裡，光裸的後背貼著顧箏胸膛。兩人的下身還緊緊相連著，隨著顧箏由下而上地一次次挺入，不時有潤滑液從交合處被擠出，發出黏稠而色情的水聲。

不變的天色模糊了時間的流逝，夏時初都不知道自己究竟被折騰多久、洩過幾次，太過強烈而持續的快感令他面頰潮紅，眼眸迷離濕潤，手腳都是軟的。

顧箏這人不枉費他高材生的身分，學習力強又記憶力好，這些特質在床上依然適用，他總是記得夏時初喜歡被弄哪裡、會因什麼而興奮。且他好像熱衷於看夏時初舒服到極致，甚至是崩潰的模樣，體力又特別好，隨著在一起的時間漸長，在性事上，反倒是老司機夏時初越來越招架不住對方。

又是一下深入的插弄，使得夏時初微弱地掙動了一下，腳趾都蜷了起來，他有些失神地喃喃道：「你弄……你弄太多了，好深……嗚，裡面好麻……好熱……」

他說的是那條標有「HOT」的潤滑液，此時已經被用掉大半，成分顯示含有生薑，剛擠入時還沒覺得如何，反覆摩擦之下，現在只覺穴口到腸肉深處都熱辣辣一片，麻癢難耐到令他快要瘋掉。

「很熱？」顧箏吻著他的肩膀，在白皙的肩後留下一串紅印，「不冷了？」

「不冷了，不冷了……我不要了……」

「我以爲你很喜歡，裡面收縮得好厲害……很舒服嗎？」

「嗯……不……」

腸肉的確被刺激得特別激動，痙攣蠕動著像在吮吸顧箏的性器一樣，令顧箏硬到發疼，慾望更加洶湧。他用膝蓋將夏時初的雙腿頂得更開，開始大開大闔地狠狠貫穿著穴肉，每一下都撞入最深的地方，啪啪的皮肉拍打聲充斥整個空間。

「啊……慢、慢一點！哈啊……太深了……」

夏時初掙扎著想要起身，卻又被顧箏有力的手臂按在原位，被迫承受著身下巨物一次次的撞擊，隨著顛弄起伏，一串生理性的淚珠滾落臉頰，看起來有些可憐。沒一會兒，他眼前白光一片，腿根顫抖，前端被操射出白濁的液體。

顧箏又重重頂了兩下後，埋在深處暫時緩了下來，低低喘息著，臉頰貼在夏時初頸側，看著人高潮射出。而後他手往旁邊床上隨意一摸，又拿了個什麼，用低啞而飽含情慾的嗓音問道：「再試試這個？」

夏時初現在聽到這句話就頭皮發麻。

他好不容易從高潮的餘韻中回過神來，就見顧箏又拆了個包裝，捏出一支細長的矽膠軟管。夏時初還沒反應過來是什麼東西，顧箏另一手就往前伸過來，鬆鬆握住了夏時初疲軟下來的性器。

剛高潮過後的身體敏感至極，夏時初整個人瑟縮了下，腦中一陣警醒，「你……你要幹麼？」

顧箏的拇指按上他還沾著精液的性器前端，在鈴口處一下一下揉弄著，指腹上的薄繭有些粗糙，將那柔嫩的小孔磨擦得發紅。顧箏沒有回答他的問題，反而在他耳邊問他：「這裡被弄過嗎？」

夏時初這下是真的有點想哭了，搖頭推拒道：「沒有，我不要用那個，你給我拿走……」

然而他痠軟無力的手腳根本掙脫不出顧箏的懷抱。顧箏將他固定在懷裡，哄誘著說：「試試看，說不定你會喜歡呢？我輕輕的……」

細長的尿道棒最終還是進入了被揉開的小眼，從未被開發過的地方被緩緩拓開，帶來一絲脹疼。

夏時初現在是眞的完全不冷了，身上大汗淋漓，感覺自己會被玩死。

顧箏見他反應很大，便沒有進得太深，推入三四公分後就停了下來，手指捏著細棒開始淺淺抽插起來。

一種陌生而尖銳的快感瞬間蔓延開來，帶來近乎失禁般的錯覺，令夏時初幾乎崩潰，他口中發出似痛苦又似歡愉的嗚咽與呻吟，全身痙攣顫抖，連帶著後穴都激動地絞緊，「哈啊……啊，裡面……」

「疼嗎？」

「不疼……可是……唔……」

顧箏見他似乎漸漸得趣，就不再顧忌，下身又一次開始向上挺動，強勢地破開了絞緊的腸肉，頂著最敏感的那一點狠狠撻伐抽送。

前後都被打開來玩弄，這是連夏時初都不曾體驗過的恐怖快感，他雙眼渙散地流著淚，被操弄得一次次攀上高潮。

最後，顧箏在夏時初的深處射出，那支尿道棒同時被抽出，已有些稀薄的精液從張闔的鈴口中緩緩流出，像是眞的失禁一般。

兩人都在低低喘息著，而後維持著相連的姿勢，往床上一倒。顧箏從身後擁著夏時初，手掌一下下輕撫著他的後背，讓人慢慢從情慾中平復。

「你還說民宿老闆沒懂你……我倒覺得他很懂你，特別懂。」好不容易緩過來以後，夏時初啞著嗓音幽幽說。後面傳來顧箏的悶笑聲，二人身軀緊貼，夏時初的後背能感覺到他胸廓的震動，「笑什麼，這麼高興。」

「就是，你看，我也有你的第一次。」顧箏一本正經地指出，「前面的第一次。」

夏時初直接被氣笑，歪頭就在顧箏的手臂上咬了一口，「我就想你這次怎麼做得這麼凶，你還在介意許謹文的事情啊？」

顧箏嚴肅道：「啊，你還敢提他……」

兩人在安靜的木屋中耳鬢廝磨，竊竊私語，偶爾聊累了就閉上眼睛小盹片刻，享受著激情過後的溫存，窗外天色不曾改變，以至於他們幾乎完全失去了時間概念。

「……我最近在考慮買個房子。」

話題不知爲何轉到了這裡，夏時初愣了下，睜開眼，「認眞？最近房價很高。」

「我觀望一陣子了，房價一直也沒有要跌的跡象……不管了。」

他們目前是在外面合租一間公寓，這公寓沒什麼不好，乾淨整潔，機能方便，但終歸是別人的房子。兩人的工作發展都進入了穩定期，雙薪收入又沒小孩，也不至於有太大的經濟壓力，的確可以開始考慮安家了。

夏時初想了想，點點頭，贊成道：「也好，我們可以一起買，你想好買在哪裡了嗎？」

顧箏張口就答：「買在你藝廊正對面。」

「……什麼？」

「要是那姓許的又來找你，我從對面二樓窗戶拿狙擊槍狙他。」

這話純屬幹話，藝廊對面根本就不是住宅區，也並沒有房屋待售，夏時初覺得他幼稚死了，笑到不行。

「我就隨口說說……不講他了。」連顧箏自己都沒忍住笑意，「你覺得哪裡好？買怎麼樣的？」

「唔，在哪都可以。」夏時初懶懶地打了個哈欠，「寬敞點就好，最好能養條狗……我還想要一間畫室。」

「好……」

兩人你一言我一語，勾勒著家的模樣，說著說著，不知不覺話音漸弱，顧箏撐起身子探頭一看，發現夏時初已經睡著了。他凝視著夏時初的睡顏片刻，低下頭來，吻了吻他的耳垂。

「我和他不一樣，我不會離開。」他低聲道：「從此以後，你的回憶裡都有我。」

時光靜悄悄地流逝，壁爐中的柴火太久沒人去添，火光漸弱，直至熄滅，床上的兩人依舊安穩地睡著，十指緊扣，掌心之間留存著彼此的溫度。

在誰都沒注意到的時候，暴風圈已不知不覺地遠走，窗外風雪停歇，極光指數的預測值也開始上升。

明天或許會是個好天氣。

全文完

# 後記
# 明天會是個好天氣

記得我當初寫這部作品時，正是疫情燒得最旺的時候，文章裡就乘載了我滿滿的不能出國玩的怨念（笑）。現在回頭修稿，發現開頭寫的「進場麻煩先量體溫」、「手機掃條碼」等等，竟然已經有種令人懷念的時代感了！

不過我還是沒把這些台詞改掉，就當作是對疫情時期的小小紀錄，日後再看見，還能回憶起我們曾經歷過這麼一段時期。

疫情那幾年，常見到新聞報導小琉球民宿業者受到衝擊、訂單頻繁被退，街道上也都空蕩蕩的，沒什麼遊客，人心惶惶。現在終於又看到小琉球大爆滿、小琉球快被玩到壞掉的新聞，感覺挺好的，大家好像終於從疫情中走出來了。

小琉球是我滿愛去的地方，因爲離高雄實在很近。文中提到的那隻親人又愛撞人碰瓷的海龜，其實很有名，有被取名字，叫作傑尼龜，是小琉球的明星海龜，去小琉球潛水的話應該很容易遇見牠。

而在寫冰島景色的時候，我有去翻我以前的旅遊照片作爲參考，之前我確實是因爲看了《白日夢冒險王》這部電影才想去的。冰島風景眞的很美，但地廣人稀，冬天幾乎永夜，我當時在那邊就有想過，如果一個人來等極光的話，應該會很寂寞吧。

還好夏時初有顧箏陪他一起了。

順帶一提，故事中提到顧箏過去曾在宿舍被gay襲擊，這情節其實是源於好多年前，參考我老爸曾經分享的公司趣事。

他說他們公司有位同事，住在員工宿舍，被一gay同事襲擊。此gay超級勇猛，直接脫光光衝進那人房間！把那人嚇得半死。

當時還是國中生的我非常衝擊，「然後呢？」

我爸說：「然後他就跟他搏鬥啊！」

「搏鬥」這個詞實在用得很靈性，我笑死，一直記到了現在，被我寫進故事裡。

說說這次的兩位主角，一個是一根筋的理工直男腦，一個是多情又複雜的藝術家腦，就是一個特別單純的人，剛好撞上一個特別難懂的人，因此而一直難以相互理解的故事。

或者也可以說，顧箏就是個希望世界和平的人，而夏時初就恰好是個特別厭世的人。

兩人的性格都不完美，有各自的不足和殘缺，但也因爲彼此而成長，變得越來越好，希望大家可以包容他們、喜歡他們。

最後，依然非常感謝各位買書還看到最後的讀者們，還有辛苦校稿的編編，祝大家的明天都是個好天氣，愛你們。

今天下小雨

國家圖書館出版品預行編目資料

你手心的極光／今天下小雨著. -- 初版. -- 臺北市：POPO原創出版，城邦原創股份有限公司出版：英屬蓋曼群島商家庭傳媒股份有限公司城邦分公司發行, 2024.10

面；　公分. --

ISBN 978-626-7455-63-0（平裝）

863.57　　113015331

# 你手心的極光

作　　者／今天下小雨
責任編輯／林辰柔　行銷業務／林政杰　版　　權／李婷雯
內容運營組長／李曉芳
副總經理／陳靜芬
總 經 理／黃淑貞
發 行 人／何飛鵬
法律顧問／元禾法律事務所　王子文律師
出　　版／POPO原創出版
城邦原創股份有限公司
台北市南港區昆陽街 16 號 4 樓
電話：(02) 2509-5506　傳眞：(02) 2500-1933
email：service@popo.tw
發　　行／英屬蓋曼群島商家庭傳媒股份有限公司城邦分公司
聯絡地址：台北市南港區昆陽街 16 號 8 樓
書虫客服服務專線：(02) 25007718 · (02) 25007719
24小時傳眞服務：(02) 25001990 · (02) 25001991
服務時間：週一至週五09:30-12:00 · 13:30-17:00
郵撥帳號：19863813　戶名：書虫股份有限公司
讀者服務信箱 email：service@readingclub.com.tw
城邦讀書花園網址：www.cite.com.tw
香港發行所／城邦（香港）出版集團有限公司
地址：香港九龍土瓜灣土瓜灣道86號順聯工業大廈6樓A室
email：hkcite@biznetvigator.com
電話：(852) 25086231　傳眞：(852) 25789337
馬新發行所／城邦（馬新）出版集團 Cité(M)Sdn. Bhd.
41, Jalan Radin Anum, Bandar Baru Sri Petaling,
57000 Kuala Lumpur, Malaysia.
電話：(603) 90563833　傳眞：(603) 90576622
email：services@cite.my
封面插畫／ilion
封面設計／也津
電腦排版／游淑萍
印　　刷／漾格科技股份有限公司
經 銷 商／聯合發行股份有限公司
電話：(02)2917-8022　傳眞：(02)2911-0053

■ 2024 年10月初版
Printed in Taiwan

POPO原創出版 www.popo.tw　城邦讀書花園 www.cite.com.tw

定價／350元

ISBN 978-626-7455-63-0